目次

中国古典小説史

漢初から清末にいたる小説概念の変遷

第一章　小説と物語——史家と方士たち

中国古代における《小説》の概念は西欧のそれにもとづく現代の我々の概念とはかなり異なっていた。古代中国において、《小説》は小さな説そのものであった。『荘《そう》子《じ》』の「外物」に「小説を飾り以て県令に干《もと》むるは、その大達に於いて、亦遠し」という一句が見える。ここでは「県令」を高い名誉ととる説に従うが、文字通り「県の令（長官）」とみて、「県令に干む」と読む説もある。しかし要は《小説》という言葉の初出例がここにあり、《小説》では「県令」を（あるいは「県令」に）求められないと断ぜられていること、しかも「外物」篇が成立したころには《小説》で「県令」を（あるいは「県令」に）求める傾向があったことが確認できればそれでよい。同様な言葉としては『荀子《じゅんし》』「正名」の「小家珍説」も挙げられる。

寓言と小説

「外物」は『荘子』の雑篇に収められる。『荘子』は諸子百家のひとつである道家の荘周（荘子《そうし》）の著述とされるが、雑篇は荘子本人ではなく、その弟子集団の手になったものと考えられている。従って漢初成立の可能性も考え得る。漢の高祖の頃には弁説の士が多数いた。馬上で天下は得られても馬上では治められまいと説いて高祖に召抱えられた陸賈もその一人であった。荘子弟子集団もこれら弁説の士に交じって活躍していたものと思われる。荘子といい諸子百家といった時、すぐさま念頭に浮かぶのはその著述に含まれる寓言の数々であろう。とりわけ『荘子』のそれは冒頭の「逍《しょう》遥遊《ようゆう》」の鯤《こん》と鵬《ほう》の説話に代表されるごとく気宇壮大であり、数も百六十八と多い。荘子は孔子に代表される儒家《じゅか》と対立し、周に滅ぼされた殷《いん》の思想の流れを汲む道家の思想家であり、儒家の思想は周の根幹をなす思想を承け継ぐものであった。今日では荘子弟子集団が《小説》と断じたものがどのようなものであったかを具体的に知ることはできないが、おおよその想像はつこう。

『荘子』以外では『孟子《もうじ》』や儒家の荀子から分かれた法家の韓非の『韓非子《かんぴし》』が寓言を多く収める。孟子《もうし》も韓非もおのれの思想の実現を目指し、これに耳を傾ける君主を求めた。孔子が弟子を引き連れて諸国を遊説したのもそのためである。こうした行為は「無為自然《むいしぜん》」を理想とする道家の思想とは懸け離れたものであった。儒家や法家の説く寓言がみずからの説く大説とはくらべようもない、「県令」を求める《小説》と道家の目に映ったとしてもなんら不思議はあるまい。儒家や法家に殷の子孫を封じた宋の人を誹謗するかのごとき寓言（助長《じょちょう》、守株《しゅしゅ》）が存する点はやはり考慮されるべきであろう。

小説と小説家

《小説》なる言葉の誕生にかかわるドラマが以上の通りであるとしたら、《小説》はその言葉の誕生において寓、すなわちフィクションの要素と深い関係を持っていたことになる。しかし一度誕生した言葉が後々までその原義を保ち得る例は稀である。《小説》の意味内容も、それが儒家の側に取り込まれることにより、儒家的価値基準からする《小説》へと変質していったと推定される。これを検討するため、『漢書《かんじょ》』「芸文志《げいもんし》」に見える《小説》家なる言葉とそこに挙げられる作品とを見ることにしよう。

『漢書』は後漢の班固《はんご》が前漢の歴史を記した正史で、「芸文志」は当時存在した書物を六略に分類著録したものであるが、その諸子略に、儒、道、陰陽、法、名、墨、縦横、雑、農とともに《小説》家が立てられている。この《小説》家が諸子百家（ここでは百家ではなく十家だが）のひとつとしての《小説》家であり、今日的な意味における小説家でないことは論をまたない。そこでは《小説》家を定義してつぎのようにいっている。

> 小説家者流は、蓋《けだ》し稗官《はいかん》より出ず。街談巷語《がいだんこうご》、道聴塗説《どうちようとせつ》する者の造《つく》る所なり。孔子の曰く「小道と雖《いえど》も必ず観《み》るべき者あり。道を致《いた》すには泥《なず》むことを恐る。是《ここ》を以て君子は為《な》さざるなり。然れども亦滅ぼさざるなり」と。閭里《りより》の小知の者の及ぶ所、亦綴《つづ》って忘れざらしむ。如《も》し或《あるい》は一言採《と》るべきも、此れ亦た芻蕘狂夫《すうじようきようふ》の議なり。

ここには班固の史観があらわれているのだが、今これに深入りする必要はあるまい。稗官とは小役人のことであるが、それが街角の噂話を書き溜めたものが《小説》家に著録される作品の淵源だと班固が主張していることを知れば十分である。《小説》家の『漢書』「芸文志」に占める位置は、これに続く部分で、「諸子百家、其の観るべき者、九家のみ」と断ぜられていることからも明らかであろう。

史官と方士

《小説》家に挙げられている十五の作品のほとんどは、今日、その一部分を見る事さえできなくなっている。従ってその内容を全般にわたって検討することは困難である。そこでその書名とこれに附された諸家の注、考証を頼りにその内容を推定することになる。《小説》家に属する書物には幾つかの特徴がある。『伊尹《いいん》説』、『鬻子《いくし》説』、『黄帝《こうてい》説』、あるいは『師曠《しこう》』、『務成子《むせいし》』、『宋子』、『天乙《てんいつ》』（湯《とう》のこと）といった古代の聖人や賢者の名をそのまま、ないしはこれに「説」の一字を附して書名としたものが多いこと、史官ないし方士、あるいは道家との関係が考えられるものがその過半を占めることがそれである。史官との関係が考えられるものには、「周の事を考うるなり」と注される『周考』、「古《いにしえ》の史官の記事なり」とされる『青史子《せいしし》』、それに『臣寿周紀《しんじゅしゅうき》』が、方士あるいは道家との関係が考えられるものには、同じく諸子略の道家に『伊尹』、『鬻子』、『黄帝四経』が著録される『伊尹説』、『鬻子説』、『黄帝説』、さらに

「孫卿《そんけい》宋子を道《い》う。其の言は黄老の意」とされる『宋子』、『封禅方説《ほうぜんほうせつ》』、『待詔臣饒《たいしょうしんじょう》心術《しんじゅつ》』、「道家なり。養生の事を好み、未央《びおう》の術を為《な》す」とされる『待詔臣安成未央術』、「武帝の時、方士侍郎《じろう》を以て黄車使者《こうしゃ》と号す」とされる虞初《ぐしょ》の『虞初周説』が挙げられる（『虞初周説』は史官の書とも考えられる）。この史官や方士、あるいは道家との関係は、それぞれ中国における小説の誕生という面で見逃せない問題を内包している。そこで以下ではこの二点について順に論じてみたい。

史記と漢書

史官との関係を論ずる時、忘れることのできないのが『史記』である。『史記』は前漢の武帝の頃に司馬談《しばだん》、司馬遷《せん》の父子によって書かれた。『史記』は紀伝体の創設、表《ひょう》、書の案出等の面において中国の史書に新紀元を開き、二十四の正史の筆頭となった。しかし『史記』には『漢書』以下の正史とは根本的に異なる点がいくつか存する。『漢書』以下が前朝の歴史のみを扱う断代史であるのに対し、『史記』は伝説の黄帝から司馬遷が仕えた武帝までを扱う通史であった。そして何よりも『漢書』以下が国家の命を受けて編纂された官撰の史書であったのに対し、私的な著述であった。それゆえ『史記』にはその記述方法において他の正史とは著しく異なる点が存する。史実を記すより人間の真実を記すことに異常に熱意を燃やす点もそのひとつである。その場にいた者でなくては到底知ることのできないはずの会話がそこに書き込まれ、その会話がその人物の後の行動の伏線をなしたことをいう場合すらある。こうした言葉のやりとりの中に、人情の機微を表出させようとするのが司馬遷一流の考え方であった。

鴻門の会

今前者の例として、有名な鴻門《こうもん》の会《かい》の一節を見てみることにしよう。

項王、項伯東嚮《きょう》して坐し、亜父《あほ》南嚮して坐す。亜父は范増《はんぞう》なり。沛公《はいこう》北嚮して坐し、張良西嚮して侍《じ》す。范増数《しば》しば項王に目《めくばせ》し、佩《お》ぶる所の玉玦《ぎょくけつ》を挙げて以て之に示《み》すこと三たびす。項王黙然として応ぜず。范増起《た》ち出でて項荘を召し、謂《い》いて曰《いわ》く、「君王人《ひと》と成《な》り忍びず。若《なんじ》入り前《すす》みて寿を為《な》し、寿畢《お》わらば、請い剣を以て舞い、因《よ》って沛公を座に撃ち之を殺せ。しからずんば若が属皆まさに虜《とりこ》とする所と為《な》らんとす」と。荘則ち入り寿を為す。寿畢わり曰く、「君王 沛公と飲《いん》す。軍中以て楽を為す無し。請う剣を以て舞わん」と。項王曰く、「諾《だく》」と。項荘剣を抜き起ち舞う。項伯も亦剣を抜き起ち舞い、常に身を以て沛公を翼蔽《よくへい》す。荘撃つを得ず。

緊迫したこの場面は読者をあたかも小説を読むかのごとき興奮に誘うし（今仮にこの種の記述を小説的記述とよぶ）、その描写は芝居の台本を思わせる。しかしいったい誰が司馬遷（あるいは父の司馬談。以下同様）に項羽以下のいちいちの会話とその仕種《しぐさ》を伝えたのであろうか。司馬遷が鴻門の会に臨み得た人物の誰かに直接取材することが可能だったとは思えない。では司馬遷は見て来たような嘘をついた（フィクション、すなわち小説を書いたと言いかえてもよい）のであろうか。いやそうではあるまい。鴻門の会のことを記した文献が当時存在したか、鴻門附近の故老が聞き伝え（その真偽のほどはともかく）としてその有様を語り伝えていたかして、司馬遷はそのいずれか、もしくはその双方によってこの場面を記したのではなかったか。

陸賈と楚漢春秋

そうした文献のひとつとして有力視されるのが陸賈の『楚漢春秋《そかんしゆんじゆう》』である。陸賈については先に弁説の士として触れるところがあったが、この当時すでに高祖の幕下にあり、鴻門の会の席に加わっていただろう状況証拠もある。『楚漢春秋』は今ではほとんど佚《いっ》しているが、その一部、たまたまこの鴻門の会前後の部分が残されている。これを『史記』と比較すると叙述内容において大差のないことが知られる。前後の部分がそのようであるなら、鴻門の会も『楚漢春秋』にもとづき書かれたと想定してさしつかえあるまい。『漢書』司馬遷伝の賛《さん》が『史記』を評し、「司馬遷は左氏《さし》、国語に拠《よ》り、世本《せほん》、戦国策《せんごくさく》を采《と》り、楚漢春秋を述べ、其の後の事を接《つづ》けて大漢に訖《いた》る」と述べていることもこの想定を裏付けよう。陸賈は諸子百家の流れを汲む弁説の士であった。このことは『史記』に見える小説的記述の出自を考える時、無視し得ないものである。しかも『史記』のタネ本たる『楚漢春秋』自体が陸賈の実見のみ記したとは考えられないのである。『楚漢春秋』なる書名からして当然存在が予想される場面（たとえば項羽が烏江《うこう》で自刎《じふん》する場面等）のすべてに陸賈が立ち会っていたとは思われない。『史記』が『楚漢春秋』にもとづくもとづかないにかかわりなく、項羽の死の場面は第三者の記述（ないし口述）によって構成されたと考えざるを得ないのである。この場合重要となるのが第二の考え方である。烏江の故老が語り伝えていた項羽最後の物語を陸賈なり司馬遷なりが採取し、それが『楚漢春秋』または『史記』に取り入れられたという考え方である。事実司馬遷は『史記』を書くに先立ち、長期、長距離にわたる取材旅行をしているのである。

史書と演義小説

事実が前記の通りであるなら、『史記』の成立には史家ではない弁説の士の述作や故老の物語が重大なかかわりをもっていたことになる。しかしだからといって、司馬遷と『史記』の値打ちが下がるものでは決してない。『楚漢春秋』と『史記』を比較すれば、その優劣はおのずと明らかだからである。ただ『史記』が『漢書』以下にくらべ格段におもしろいとされるゆえんのものが、必ずしも司馬遷の独創にかかるものではないこと、それに当時すでに過去の治乱興亡を物語ることがおこなわれていたらしいことの二点は指摘しておく必要があろう。『楚漢春秋』は四字句仕立てで口誦に便なる文体で書かれていた。なお『史記』の成立にかかわる故老の物語としては、このほか、その「刺客列伝」に「世言《せげん》」(応劭《おうしょう》の『風俗通義』はそれを「閭閻《りょえん》小論」と言いかえる)とみえ、今に『燕丹子《えんたんし》』(『隋書《ずいしょ》』「経籍志《けいせきし》」著録)として残される物語などが考えられる。

王朝の治乱興亡を物語ることは唐末五代に始まり、宋代には「説話四家《せつわしか》」のひとつたる講史《こうし》となり、後にこの講史の種本が『三国志演義』のような演義小説になったとされている。しかしその萌芽はこの頃から存在していたのではなかったか。そういえば鴻門の会の樊噲《はんかい》は長板橋《ちょうはんきょう》で曹操《そうそう》を一喝した張飛にそっくりである（ちなみに後の『三国因』では張飛は樊噲の生まれ変わりとなっている）。しかしこうした背景に物語の存在を感じさせる部分は『漢書』からは失われ、そこには五行《ごぎょう》思想と讖緯《しんい》思想とに影響された「怪を志《しる》す」要素が強まってゆく。そしてこれが史書からはじき出され、志怪とよばれる小説形式が産み出されてゆくわけであるが、これについては次章に述べることとし、いま少し『史記』以前の史書に見える小説的要素、すなわち物語の痕跡を見てみることにしたい。

春秋と国語

司馬遷が拠ったとして班固が挙げる書物に『楚漢春秋』と並び「左氏、国語」があった。「左氏」とは魯《ろ》の編年史『春秋』に史実を肉付けした『左氏伝（左伝）』のことである（これに材料を提供した『左氏春秋』とする説もある）。『左氏伝』は『公羊《くよう》伝』、『穀梁《こくりょう》伝』とともに春秋三伝とよばれるが、後二者に比し物語的要素を多く持つことをその特徴とする。『左氏春秋』の原姿を彷彿とさせるのが春秋外伝といわれる国別物語集『国語』である。『国語』は「瞽史《こし》の記」を引用し、著しく口誦的であり、かつ盲目の左丘《さきゅう》の作とされることからも知られるように、語部《かたりべ》によって伝えられた書物である。ところがこれに比し文体も内容も著しく整理された『左氏伝』の著者に擬せられているのも同じく左を姓とする左丘明《さきゅうめい》なのである。左丘明と左丘が同一人物であるにせよないにせよ、左氏という語部集団らしきものが三者の陰に見え隠れしているように思える。『孟子』「離婁《りろう》下」によれば、晋《しん》には乗《じょう》、楚には檮杌《とうごつ》という史書があったといい、周、燕、宋、斉にも春秋があったとされる。『汲冢瑣《きゅうちょうさ》語《ご》』の「殷春秋」、「晋春秋」といった篇や『呉越《ごえつ》春秋』、『逸周書《いつしゅうしょ》』の中に小説的要素を指摘し、小説史の源流をさらに遡らせようとする試みもなされているが、小説を物語と捉えるなら、それは必然の成り行きであり、結果であった。こうした探索がこれまでなされなかったのは、六朝期を通じ、いわゆる志怪小説が全盛を迎え、これに目を奪われるあまり、いわば本流ともいうべき物語の伝統の追及が疎かになっていたためではあるまいか。魏《ぎ》の曹植《そうち》（一九二―二三二）が『笑林《しょうりん》』の編者邯鄲淳《かんたんじゅん》にしてみせたのも「俳優の小説数千言を誦《しょう》する」ことだったのである。

方士の語った小説

ではこの語部の伝統を承け継ぎ、かつ今日的にみても小説といえる最初のものは何か。この問題を考える際に参考となるのが、前記の『漢書』「芸文志」の《小説》家に武帝の頃の方士の関与した書物、「説」の一字を持つ書物が多く著録されている事実であろう。「説」の文字はこれらの書物が古代の聖人、賢人が語った言葉を記すという体裁をとっていたことを示唆する。だが死して久しい、その実在すら不確かな聖賢の言葉がまとまって残っていたはずもない。それを当時において蘇らせてみせたのが、巫覡《ふげき》を共通の祖とする語部（のちには史官となる）と方士（ないしはそれに由来する芸能者、すなわち「俳優」）だったのではなかったか。武帝のために李夫人の魂を呼び寄せた方士にとって、聖賢を呼び寄せることなどは容易だったに相違ない。こうした方士がその成立にかかわったと考えられ、かつその内容に物語的要素が強いものとして、六朝期の成立でありながら漢代にその成立を擬託される『西京雑記』、『漢《かん》武帝内伝』、『漢武故事』といった、いずれも前漢を舞台とする作品群が挙げられよう。『西京雑記』にはなんと陸賈が登場し、樊噲と対話までしているのである。

『荘子』には寓言が多く、《小説》なる言葉が初めて見えること、『史記』とこれに先行する小説的要素、『漢書』「芸文志」の《小説》家、方士の伝えた『西京雑記』以下の作品群を通し、中国の小説の起源には語部と道家が強くかかわっていたであろうことが知られる。このことと司馬談、司馬遷の父子が道家を尊崇していたこととは根深いところでかかわっているかも知れない。

第二章　志怪から伝奇へ――史家と読者における変化

第一章では中国の小説の起源には語部と道家が強くかかわっていたであろうことを論じた。語部の語る物語は戦国各国の史書に流れ込み、『楚漢春秋』から『史記』となった。しかしその伝統は『漢書』、『晋書』にある程度なごりをみいだせるものの、それ以後の正史からは失われてしまう。代わって強まったのが怪異な事件を記録しようとする傾向である。

志怪と五行・讖緯思想

『漢書』は『史記』の書を志と改めて継承したうえ、新たな志を設けた。「五行志《ごぎょうし》」もそのひとつである。陰陽五行思想は前漢の董仲舒《とうちゅうじょ》の天人相関説《てんじんそうかん》に取り込まれ、休《きゅう》祥災異《しょうさいいい》的色彩を強めていった。「五行志」はこの思想にもとづき、人事の徴候として、これに先んじて現れる天変地異ないし鳥獣草木の異変を記しとどめようとするものであった。もっとも怪異を記すこと自体は『春秋左氏伝』や『史記』にも見える。それは『論語』「述而《じゅつじ》」の「子《し》 怪力乱神を語らず」に逆説的に表現される普遍的な傾向であった。ただそれを物語の一環としてではなく、ひとつの事実として記そうとする点がこれまでとは相違していた。新しい史家の登場であり、新たな記録意識の誕生であった。

しかし志怪という言葉ないし意識の成立は『荘子』内篇の「逍遥遊」に「斉諧《せいかい》なる者は怪を志《し》る者なり」とあるように、むしろ《小説》より古いものであった。ただそこの意味は怪を知ることであって怪を記すことではなかった。しかしこの言葉のもとに怪、いわゆる寓言が記されていた事実には変わりがない（怪を記す意味の用法としては『晋書』巻七五祖《そ》台之《だいし》伝の「志怪 書を撰《せん》し世《よ》に行《おこな》わる」が挙げられる）。小説の起源にまたも道家が立ち現れるわけだが、これはもちろん偶然ではない。ただ前記のように、『荘子』のいう怪と、のちのいわゆる志怪書に見える怪とではいささか性格が異なっていたようである。やはり儒家的立場からその意味内容の変更が図られたのであろう。「五行志」は『後漢書』以後の正史にも残る。だが怪を記すこと自体は次第に正史から締め出され、志怪書にその場を移していった。こうした怪を記した書物を当時の史家は史書の一部と認識していた。それはこれらの書物が『隋書』「経籍志」においてすら、子部の小説類にではなく史部の雑伝類に著録されていることにより知られる（これに先立つ『七録《しちろく》』では記伝録の雑伝類と鬼神類に分けて著録されていたらしい）。しかし明確な創作意識には欠けるものの、民間説話や民間伝承をも収める志怪書が今日からみて小説集であることは否定しようもあるまい。

志怪書と正史の「五行志」の関係は、前者の代表ともいえる二十巻本『捜神記《そうしんき》』の巻六、巻七が『漢書』、『続（後）漢書』、『宋書』、『晋書』などの「五行志」と共通の記事で出来ている事実の指摘で十分に明らかとなろう。ただつぎの二点には注意しておく必要がある。それは志怪書のテキストの問題であり、複数志怪書間の説話の継承（書承）の問題である。このうち説話の継承関係についてはひとまずおき、ここではテキストの問題について論じてみよう。一千五百年以前の作品であり、唐代すでに書肆が存在し、書物が商品化していたにせよ、戦乱の絶えない中国に唐以前のテキストを求めることはできない。敦煌《とんこう》の写本はその奇跡的な例外であるが、志怪書の敦煌写本は数種にとどまる。従って現在使用している志怪書は宋刊本にせよ明末に叢書に収められたものにせよ、いずれ後世の輯本《しゅうほん》たるをまぬがれない。『捜神記』には二十巻本と八巻本とが存するが（敦煌写本は句道興《こうどうこう》撰の別書）、いずれもその原姿を伝えるものではない。なかでは二十巻本がよいとされるが（それでも趙宋《ちょうそう》の話が紛れ込んでいる）、前記巻六、巻七については『漢書』などの「五行志」から再構成されたとの疑いもたれている。しかしこうした疑いがもたれること自体、両者の近縁性を証明しているといえるのではあるまいか。

類書と古小説鉤沈

前記のごとく、志怪書の信頼し得るテキストを求めることはむずかしい。研究の第一歩は自身の手で新たな信頼し得る輯本を作ることに始まる。その際、主に利用する書物が唐から宋初にかけて盛んに編集された類書である。類書はもともと詩文の実作、鑑賞の便のために作られた項目別の辞書であるが、そこに今日では佚書となった書物が大量に収められているのである。なかで志怪書の復元という目的において重要なものが、宋初の太平興国《たいへいこうこく》三（九七八）年に完成された『太平広記《たいへいこうき》』五百巻であり、これがもとづいたと推定され、唐の總章《そうしょう》元（六六八）年に釈道世《しゃくどうせい》によって編まれたとされる『法苑珠林《ほうおんじゅりん》』百巻である。この志怪書のテキスト問題にまず真剣に取り組んだのが魯迅《ろじん》（一八八一―一九三六）である。魯迅はそれ以前に輯本のない志怪書について、多数の類書から佚話を集め、それを校合して信頼し得るテキストを作ろうとした。その成果が『古小説鉤沈《こしょうせつこうちん》』（以後『鉤沈』と称する）である。もちろん『鉤沈』とて問題が皆無なわけではない。しかしその刊行からすでに半世紀をへた現在もこれを全面的に超えるものは刊行されていない。この意味で『鉤沈』は志怪の研究者にとって入口と同時に出口ともなっているのである。

捜神記と干宝

二十巻本『捜神記』が干宝《かんぽう》の原作そのままではないにせよ、ある程度その姿を伝えるものであることは間違いない。二十巻本は巻一に神仙の話、巻二に方士の話といった具合に一応の分類がなされている。この分類のすべてが原作のそれに一致するとの保証はないが、原作に「変化」、「感応」、「神化」といった篇が立てられていたことは確かであり、巻十二の第一条が「変化」篇の、巻六の第一条が「感応」篇の序であることも、『法苑珠林』や『荊楚歳時記《けいそさいじき》』の引文から明かである。巻六の第一条は「妖怪者《は》蓋《けだ》し精気の物に依《よ》る者なり。気中に於いて乱るれば、物外に於いて変ず。形神気質は表裏の用なり。五行に本づき、五事に通ず。消息昇降、万端に化動すと雖も、其の休咎《きゅうきゅう》の徴に於けるや、皆域《くぎ》りて論ずるを得《う》べし」と述べ、巻十二の第一条は「天に五気有り万物化成す……中土聖人の多きは和気の交わる所なり。絶域怪物の多きは異気の産する所なり」と述べている。こうした考え方は『捜神記』の根本思想とみなせよう。『晋書』巻八十二の干宝伝は干宝の身辺に起きたふたつの怪異な出来事が原因となって『捜神記』ができたことを述べる。ふたつの怪異とは父の死後母によって墓中に閉じ込められた父の寵婢が十余年後に墓を開くまで生存しており、父との墓中での生活を語り、家中の吉凶を言い、嫁いで子を生んだことと、兄が息絶えて数日して蘇生し、その間に「天地間の鬼神の事を見」たと言ったこととである。干宝はこれらの怪異に感じ、「神道の誣《いつわり》ならざることを発明せん」（「捜神記序」）と『捜神記』の筆をとったという。『捜神記』の執筆動機は以上の通りであるが、この干宝に晋の宣帝から愍《びん》帝までの五十三年間の歴史を綴った『晋紀』や『春秋左氏義外伝』の著述があることは注目されてよい。干宝は単なる好事家ではなく、歴とした史家だったのである。

曹丕と劉義慶

最初の志怪書は三国魏の文帝曹丕《そうひ》（一八七—二二六）によって編まれたとされる『列異伝』である（曹丕編纂説を否定し、その成立を大幅に引き下げようとする説もある）。曹丕は邯鄲淳に「俳優の小説数千言を誦し」て見せた曹植の兄であり、「文章は経国《けいこく》の大業《たいぎょう》、不朽《ふきゅう》の盛事《せいじ》」と「典論《てんろん》・論文」のなかで言ってみせた人物で、文業に対する理解もとりわけ深かったものと考えられる。ただ仮にも帝王であるから、『列異伝』が曹丕自身の手になったとは考えがたい。おそらくそのとりまきによって編纂されたものであろう。同じような成立過程が考えられるのが劉宋の臨川《りんせん》王劉義慶《りゅうぎけい》（四〇三—四四四）の『幽明録』である。『幽明録』はそれ以前の志怪書、たとえば父の劉《りゅう》道憐《どうれん》に仕えていた劉敬叔の『異苑《いえん》』などから多くを継承することによって成立している。だがそれを王みずからが実行したとはやはり考えがたい。おそらく王のサロンにつどった文人集団がそれを担当したものであろう。この意味で干宝の『捜神記』などとは根本的に成立の経緯を異にしているのである。

志怪書にならい、当時の名士の逸話を記すことから後に志人《しじん》小説といわれた『世説《せせつ》新語《しんご》』も劉義慶の作とされるが、この書の成立についても同様な状況が考えられる。『幽明録』には志怪書ならば実名を呼び捨てにするはずの所を『世説新語』同様官名で呼んでいる所が多々見られる。これは史家の記録に対する態度というより、権力に迎合するサロン文人のそれというべきであろう。そういえば『世説新語』も、これと同様志人小説に分類され、同様に梁武帝の勅命で編纂されたことが知られる殷芸《いんうん》(四七一—五二九)の『小説』も、ともに史部の雑伝類ではなく子部の小説類に分類されていた。志怪、志人の相違は単に内容のそれというより、執筆する側の意識の相違というべきであろう。志怪書が漢代の《小説》とは一線を画するものであったことは明らかである。そして志怪書と漢代の《小説》の子孫ともいえる志人小説が、劉義慶のサロンで融合しつつあったのである。

サロン文人と物語の伝統

サロン文人と「俳優《じょうおう》」とをいきなり同列に論ずるのはあまり穏当ではないかも知れない。しかし楚の襄王に先王と神女との恋の物語(「高唐賦《こうとうのふ》」)を語って聞かせた宋玉《そうぎょく》とサロン文人とを比較することはさまで不当ではあるまい。班固の「両都賦《りょうとのふ》」や張衡《ちょうこう》の「西京賦」に代表される漢代の賦における事物を羅列する傾向は『西京雑記』に見えるそれとも一致する。魏の曹丕や曹植、劉宋の劉義慶のサロンに賦まで作るだけの能力こそ無いものの、怪異を語ることならできる文人（あるいは「俳優」）がたむろしていたとしてもなんの不思議もあるまい。王侯の食客の中には鶏鳴狗盗《けいめいくとう》の輩さえいたのである。しかし宮廷のサロンではすでに長い物語は歓迎されなくなっていたらしく、物語の伝統は前章末に述べた方士の語る『西京雑記』以下の諸作品と、後漢末の一地方都市を舞台に夫婦の心中を描く物語詩「孔雀東南飛《くじゃくとうなんひ》（焦仲卿妻《しょうちゅうけいのつま》）」に代表される民間歌謡とに分裂し、生き残ったものと考えられる。

志怪書の代表作としては以上のほか陶潜《とうせん》（三七二―四二七）作とされる『捜神後記《そうしんこうき》』、祖沖之《そちゅうし》（四二九―五〇〇）の『述異記』、顔之推《がんしすい》（五三一―五九一）の『冤魂志《えんこんし》』などがある。

伝奇の誕生

記録の要素を多分にもつ志怪に対し、唐代に入って執筆されはじめたフィクションの要素を濃厚にもった作品を伝奇と称する。だがこの言葉自体にとりたてて由来があるわけではない。『伝奇』という作品集があり、それにこの類の作品が収められており、それとその奇を伝えるという名称のよさとがあいまって、このジャンルの作品の総称となったに過ぎない。しかし伝奇の誕生は、今日的意味における小説にみあうという意味で、また《小説》家のようにすでに存在していた作品を無理やり分類（あるいは分類できない作品を一括）したり、志怪のように当時の人が記録とみていたものを今日的な目で小説として拾い出したりしたわけでないという意味で、中国文学史上における真正な小説の誕生（ただし文語による小説の誕生であって、口頭言語のままに記したそれの誕生ははるかにこれに遅れる）といってよいものであった。フィクションをフィクションとして語るという意味においては寓言の復活ともいえなくはない。

もちろん唐代になっていきなり典型的な伝奇作品が生まれたわけでも、伝奇の登場によって志怪的な作品が産み出されなくなったわけでもない。両者は宋元以降も併存を続け、清《しん》初には蒲松齢《ほしようれい》（一六四〇―一七一五）の『聊斎志異《りようさいしい》』のような両者を兼収する傑作も生まれている。しかし唐初において志怪と伝奇を繋ぐ作品が誕生しはじめたことも確かなのである。

古鏡記と遊仙窟

志怪と伝奇を繋ぐ作品にしばしば擬せられるのが『古鏡記《こきょうき》』と『遊仙窟《ゆうせんくつ》』である。『古鏡記』は王度《おうたく》とその弟の王勣《おうせき》を主人公とし、王度がこの鏡を入手してから失うまでの経緯を説いた首尾と、それに挟まれる二十条近い古鏡の霊験譚とからなる連鎖的構成の作品である。連鎖をなす一条一条は相互に無関係で、そのひとつひとつをとってみれば志怪そのものといってよい。だがこの作品の成立を志怪から伝奇が産み出される際の胎動とする見方は、作品成立期が初唐から盛唐、さらには中唐初期へと引き下げられるにつれ、説得力を失いつつある。

これに対し、「神女との結婚」という説話の流れを承け継ぎつつ、実際には遊女との交歓をテーマとし、韻文と散文（駢文《べんぶん》と白話文《はくわぶん》）とをおりまぜ、当時流行の歌体や俗語を交えて一篇の作品としたのが張鷟《ちょうさく》（六六〇？—七四〇？）の『遊仙窟』である。『遊仙窟』は中国においては早く滅び、かろうじて日本に残っていた作品であるが、前記の理由から訓読による読解がむずかしく、中納言大江維時《おおえのこれとき》が木島明神からその読み方を伝授されたとの伝承さえ存する。文言（文語）で書かれる伝奇とはこの点で異なるし、そのボリュームも伝奇のそれにくらべかなり大きい。『遊仙窟』については敦煌で発見された変文《へんぶん》との関係を説くものもいるが、それ以前に物語の伝統、『西京雑記』や「孔雀東南飛」との関係を論ずべきであろう。『遊仙窟』は衣装や酒肴《しゅこう》の描写が駢文ゆえか実に詳細であり、張鷟自身も「俳優」的な性格をもった人物として知られる。民間に潜行する伝統は時として間歇泉のごとく噴き出すことがあるのである。

物語の場

物語の伝統をいう時、その場が問題となってくる。宋玉や司馬相如《しばしょうじょ》に代表される辞賦の作者を継承したサロン文人が志怪書や志人小説を王侯に代わって編纂したことは先に述べた。サロンには文人が群をなしてつどい、切磋琢磨しあっていた。先の干宝には、『捜神記』を簡文帝の相《しょう》となった劉惔《りゅうえん》に示したところ、「卿《けい》は鬼《き》の董狐《とうこ》と謂うべし」と言われたという逸話もある。こうした雰囲気の中で、次第にみずからの経験譚を語り合い、相互に批判しあう場面も生じたと考えられる。それは初期においては次章に述べる仏教の応験譚を語る場と同一だったと考えられるが、それが宗教色を失い、純粋なフィクションを語る場へと変わってゆくのにそれほど時間がかかったとは思われない。そもそも応験譚の特徴はそれを誰が目撃し、誰が記録者に伝えたかを神経質なまでに記すことにあった。これは語られる内容の真実性を読者に保証し、同時に話者自身をも納得させる手段でもあった。これは史書の一部と意識された志怪書には見られない傾向であった。唐の唐臨の『冥報記』の「睦仁蒨《ぼくじんせん》」の条に「貞観《じょうがん》十六年九月九日、文官 射を玄武北門に賜《たまわ》る。文本《ぶんぽん》 時に中書侍郎《ちゅうしょじろう》為《た》り。家兄《かけい》太府卿《たいふけい》及び治書侍《ちしょじ》御史《ぎょし》馬周、給事中韋琨《きゅうじちゅういこん》及び臨と対座し、文本自ら諸人に謂《い》いて爾《しか》云う」との記述が見える。岑《しん》文本は自分の家庭教師睦仁蒨からこの話を聞き、官署の同輩にそれを語って聞かせたわけだが、その場に王侯の姿はない。『冥報記』については次章で再度触れるが、ここに物語の場の変化をみることができよう。『異聞集』所収の伝奇「廬《ろ》江馮《こうふう》媼《おう》」には「元和《げんな》六年夏五月、江淮《こうわい》従事の李公佐 使《つかい》して京に至り、回《めぐ》りて漢南《かんなん》に次《じ》し、渤海《ぼっかい》の高鉞《こうえつ》、天水《てんすい》の趙儹《ちょうさん》、河南《かなん》の宇文鼎《うぶんてい》と伝舎《でんしゃ》に会し、宵話《しょうわ》に異を徴《ちょう》し、各《おの》おの見聞を尽くす。鉞具《つぶさ》に其の事を道《い》い、公佐之が為《ため》に伝う」とある。こうした記述は伝奇作品の処々に見えるが、代表としてもうひとつ、同じ『異聞集』に収められる「汧国夫人《けんこくふじん》伝（李娃《りあ》伝）」のそれを挙げてみよう。「貞元《ていげん》中、予 隴西《ろうせい》の公佐と婦人操烈の品格を話し、因《よ》って遂《つい》に汧国の事を述《の》ぶ。公佐 拊掌 竦聴《ふしょうしょうちょう》し、予に命じて伝を為《つく》らしむ。乃ち管《ふで》を握《にぎ》り翰《ふで》を濡《うるお》し、疏して之を存す。時に乙亥《いつがい》の歳《とし》秋八月。太原の白行簡《はくこうかん》云う」。

両者に見える李公佐は「南柯太守伝《なんかたいしゅ》」、「謝小娥伝《しゃしょうが》」の作者としても知られる。従って公佐は話の語り手でもあり、同時に聞き手、書き手でもあったわけである。こうした雰囲気のなかで奇を伝える伝奇は成長していったのである。

なお「任氏伝《じんし》」、「枕中記《ちんちゅうき》」といった代表的な伝奇の作者沈既済《しんきせい》が『建中実録《けんちゅうじつろく》』の作者であった事実は、志怪と伝奇の移り行きを考える際、見落とすことができない。両者の成立にはともに史家がかかわっていたのである。このことと唐代における科挙の成立、ならびにそれによる六朝門閥貴族社会の崩壊が小説史に与えた影響については章を改めて論じたい。

第三章　仏教と説教――応験記と遊行僧

物語の伝統が方士くずれの「俳優」の手から民間に流れ、「孔雀東南飛」を語る民間芸人の手によって維持されたらしいこと、その一方、志怪から伝奇への胎動が、六朝のサロン文人から唐代の高級官僚へと語り手が移るとともに、徐々に、しかし確実に始まっていたことについては前章で述べた。本章ではこうした胎動を用意した仏教の応験記《おうげんき》について述べてみたい。

応験記の成立

日本には中国で失われた文献が意外に残されている。そのひとつが青蓮院吉水蔵《しょうれんいんきっすいぞう》に伝えられた南斉《なんせい》の陸杲《りくこう》（四五九―五三二）の『繋観世《けいかんぜ》音《おん》応験記』（六十九条）である。『繋観世音応験記』は劉宋の傅亮《ふりょう》（三七四―四二六）の『光世《こうぜ》音《おん》応験記』（七条）やこれを承けた張演《ちょうえん》の『続光世音応験記』（十条）と三部構成をなす。しかも傅亮の『光世音応験記』は、序文から東晋の謝敷《しゃふ》が傅亮の父に送った『光世音応験』（十数条からなるという）を記憶により一部復元したものと知られる。光世音が観世音と同一の神格であることは、『繫観世音応験記』のなかに光世音の応験譚が四条含まれていることによっても明らかである。この『繫観世音応験記』を調査することにより、東晋から南斉にかけ続々と編纂された、観世音経を念ずることによる応験を説く書物の実態が浮かび上がってきたのである。

応験記的性格の志怪

観世音経（法華経《ほつけきよう》）から金剛般若経《こんごうはんにやきよう》と応験を現わす経典の種類は変わったが、唐宋を通じ応験記は書き継がれてゆく。こうした応験記を論ずる際、見逃し得ないのが応験記的性格をもった志怪書群の存在である。劉宋の劉義慶の著した『宣験記《せんげんき》』は全三十五条からなるが（『鉤沈』本）、うち十条が観世音の応験譚で、しかも陸杲の書と同話が三条、張演の書と同話が一条存する。六朝の志怪書を論ずる際、志怪書間の説話の継承関係に注意しなければならないことは先に述べた。『宣験記』が陸杲の書に先

図表3-1　仏教応験記関係年表（至明初）

朝代年号	西暦	事項
東晋	三一七〜四二〇	
		光世音応験（謝敷）
劉宋	四二〇〜四七九	光世音応験記（傅亮三七四〜四二六）
		続光世音応験記（張演、五世紀前半の人）
南斉	四七九〜五〇二	宣験記（劉義慶四〇三〜四四四）
		感応伝（王延秀？〜四九〇？）
		冥祥記（王琰）
中興一	五〇一	繋観世音応験記（陸杲四五九〜五三二）
梁	五〇二〜五五七	
		補続冥祥記（王曼穎）
唐	六一八〜九〇七	
		金剛般若経霊験記（蕭瑀五七五〜六四八）
永徽三	六五二	冥報記（唐臨六〇一〜六六一？）
龍朔一〜三	六六一〜六六三	冥報拾遺（郎餘令）
總章一	六六八	法苑珠林（釈道世）
開元六	七一八	金剛般若経集験記（孟献忠）
開成一〜	八三六〜	金剛経鳩異（段成式？〜八六三）

	大中九～	八五五～	金剛経報応記（盧求）
後梁 九〇七～九二三			
	開平二	九〇八	持誦金剛経霊験功徳記（翟奉達）
南宋 一一二七～一二七九			
	淳熙一～	一一七四～	金剛感応事跡（永楽大典巻七五四三）一名金剛経感応伝
明 一三六八～一六四四			
	永楽五	一四〇七	大明仁孝皇后勧善書（成祖徐后、永楽大典巻一六八四一～二）
	六	一四〇八	永楽大典成る
	九	一四一一	金剛経（太祖集注）？
	二一	一四二三	金剛般若波羅蜜経集註（成祖集注）

んずることは明らかであるが、これと張演の書との先後関係は明らかではない。共通の取材源の存在も予想される。だがとりあえず継承関係の有無に関する議論を棚上げし、前記の事実から『宣験記』と応験記群との間に共通する性格を論ずることは可能であろう（なお『繋観世音応験記』が『宣験記』に言及するものは五条にのぼるが、そのいずれも『鉤沈』本に同話をみいだし得ない。このことは『鉤沈』本『宣験記』が『宣験記』の原姿には程遠いものであることを物語っている）。『宣験記』と同様の書に南斉の王琰《おうえん》の手になる『冥祥記《めいしょうき》』がある。『冥祥記』の唯一

のテキストは『鉤沈』本（百三十一条）であるが、このなかに序を含めて三十六条もの観音の応験譚が見いだされる事実は見逃せまい（応験記群と共通するものは二十六条、うち陸杲の書と共通するものは十八条である。陸書の成立は『冥祥記』に遅れる。このことは疑問の余地がない。しかし両者の継承関係は必ずしも明らかではない）。

金剛経応験記の流行

観世音経の応験記群は唐代に入り金剛経のそれに取って代わられる。その最初のものが蕭瑀《しょうう》（五七五―六四八）の『金剛般若経霊験記』である。この書は現存しないが、つぎに述べる孟献忠《もうけんちゅう》の『金剛般若経集験記』三巻に十五条引用されている（もと十八条という。なおこの十五条のうち問題の多い「李思一」は『金剛般若経霊験記』のリストからはずすべしとの議論もあるが、今はこの問題に深入りしない）。『金剛般若経集験記』は開元《かいげん》六（七一八）年に書かれたとされる。三巻を救護、延寿、滅罪、神力、功徳、誠応の六篇に分け、七十八条の応験譚を収める。これらはすべて金剛般若経の利益《りやく》を説くものであるが、なかに三条、十一面呪《じゅ》に言及するものがある。十一面呪とは、『十一面観世音神呪経』をさす。従ってここには六朝期の観世音応験記のなごりもうかがえるわけである。

『金剛般若経集験記』に収められる応験譚の多くに記される孟献忠の自注は、それらが献忠梓州《ししゅう》司馬在職中ないしそれ以前に集められたか、既存の書物から抜き書きされたものであることを示している。陸杲の『繋観世音応験記』にも『宣験記』の名が見える。しかしそれは『宣験記』への反発を記す目的からであった。陸杲は『宣験記』の編者劉義慶と対極の位置にみずからの立脚点を定めたのであろう。自己の書に収める応験譚は信頼できるものでなくてはならないと。しかし編者が広汎に応験譚を集めようとすれば、勢い他書からの引用や人伝ての話が増加しよう。その際、応験譚の真実性を、それを提供した書物や人の名を明示することによって担保しようとするのはほとんど必然的な成り行きであった。これにより、編者は単に身内の応験譚を書き記すアマチュアから大々的に類話を集めるプロフェッショナルへと変身するのである。これを応験記において実行したのが孟書にその名が見える唐臨であり、その『冥報記』であった。

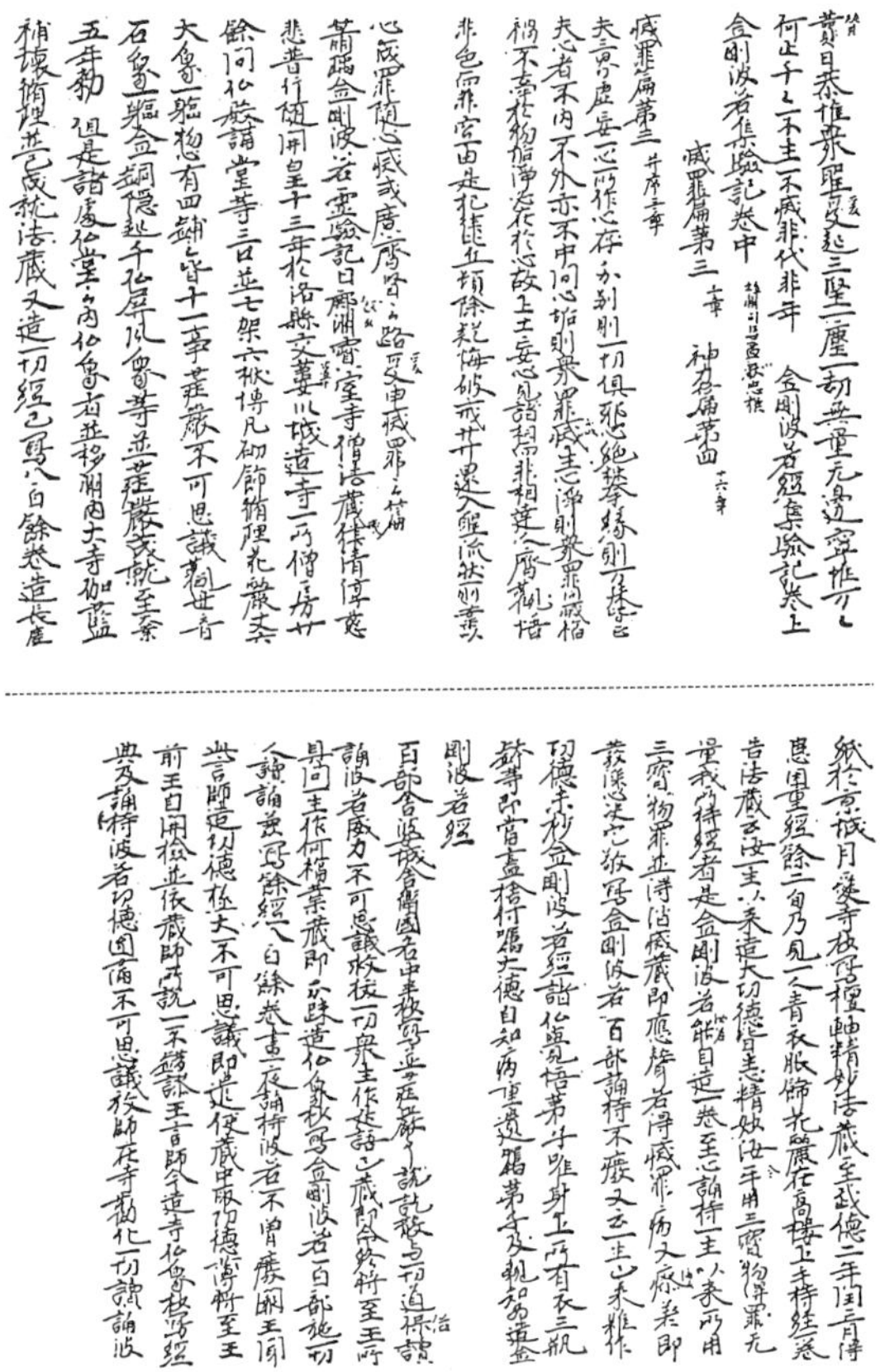

図表 3-2　孟献忠『金剛般若経集験記』写本（天理図書館蔵）

唐臨と冥報記

『金剛般若経霊験記』の成立後まもなくの永徽《えいき》三（六五二）年、吏部尚書《りぶしょうしょ》唐臨（六〇一―六六一?）が『冥報記』を著した。『冥報記』は日本伝存の古写本が数種伝えられ、最古の高山寺《こうざんじ》本は五十三条、これにつぐ前田家尊経閣《まえだけそんけいかく》文庫本は五十七条を収める。ところが『金剛般若経集験記』は『冥報記』から一条しか引用していない。その原因としては『冥報記』が経典呪誦の功徳のみを説くものではなく（『冥報記』は『冥祥記』の「趙泰《ちょうたい》」を承け、地獄と鬼について説くことが殊に詳細で、その成立に語部岑文本が関与していたとする説さえある。牛僧孺《ぎゅうそうじゅ》の『玄怪録《げんかいろく》』「曹恵《そうけい》」には時の賢人が解釈し得なかった微言四句中三句まで、この岑文本が理解していたという話が、趙自勤《ちょうじきん》の『定命録《ていめいろく》』には岑文本が馬周の運勢を占う話がそれぞれ記されている。語部説とあわせ考えるべき問題であろう）、あげられている経典も観世音菩薩経、法花（華）経、法華経普門品《ふもんぼん》（法華経第二十五品観世音菩薩普門品の別名が観世音経である）が中心（あわせて十四条）であったことがあげられよう（金剛般若経はわずか一条であった）。これに対し、約十年遅れて成立した郎餘《ろうよ》令《れい》の『冥報拾遺《めいほうしゅうい》』は孟書に十条も引用されている。『冥報拾遺』は『冥報記』の半分程度の書物と推定されるから、この約十年間

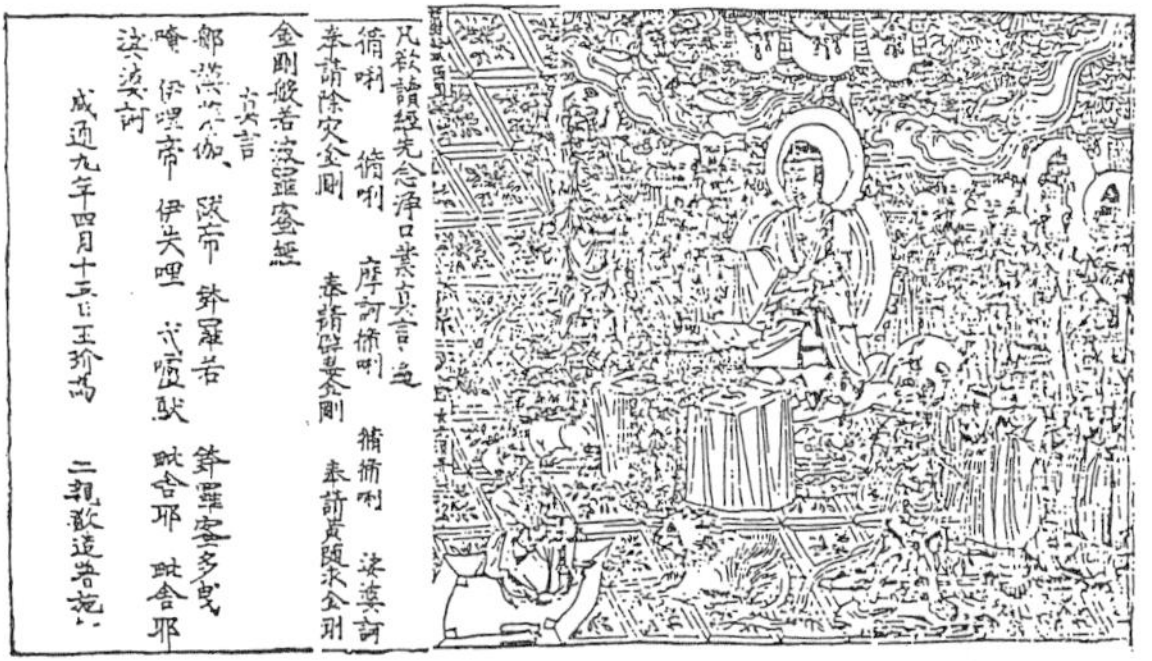

図表 3-3 『金剛般若経引首』唐咸通九年（868）刻本 敦煌千仏洞発見（大英博物館蔵）

に観世音経（法華経）から金剛般若経へと世の尊信の対象が急激に変化したものと考えられる。のちの段成式《だんせいしき》（？—八六三）の『金剛経鳩異《きゅうい》』（『酉陽雑俎《ゆうようざっそ》』所収）には、法華経や金光明《こんこうみょう》経《きょう》の写経では許されなかった地獄からの帰還が、金剛経の持誦《じしょう》で許されたという話さえ載っている。ちなみに『太平広記』に収められる報応類全三十三巻中金剛経の応験を説くものは七巻百三条、法華経のそれは一巻二十一条、観音経は二巻五十条となっている。唐代において金剛経の応験を説く書物には、ほかに盧求《ろきゅう》の『金剛経報応記』、翟奉達《てきほうたつ》の『持誦金剛経霊験功徳記』などがあげられる。なお『冥報記』の応験譚の多くは『今昔物語集』巻六、巻七、巻九に収められている

（巻八は欠巻。ちなみに先の『金剛般若経集験記』も日本に古写本が伝えられた）。

宋、元、明における金剛経応験記

明《みん》を興した太祖《たいそ》朱元璋《しゅげんしょう》はもと僧侶であった。このゆえんから明初には『金剛経集注』が太祖、成祖（永楽帝）の二代にわたって刊行されている。朱家の仏教尊信のほどは成祖の徐后《じょごう》編纂の『大明仁孝皇后勧善書』二巻が永楽五（一四〇七）年に刊行され、翌年完成の『永楽大典《えいらくたいてん》』に収められたことからも知られる（巻一六八四一—二）。『永楽大典』はこのほかに『金剛感応事跡』と題する作者不詳の応験記を収める（巻七五四三）。聞けばこの書の『金剛経感応伝』と題される上図下文本の宋刊本が中国仏教図書文物館に蔵されているらしい。『金剛感応事跡』には第四章で言及する説経の話本に似るとの説があるが、収める応験譚はたしかに宋の半ば（年号が明らかで最ものちの応験譚は淳熙《じゅんき》元年のもの）までのものであり、朝代にも元の文字は見えない。「宋淳熙元年」といった書き出しは不審といえば不審であるが、大部ゆえ版本とならなかった『永楽大典』に収められる際に修正されたともみられる。そこに引用される釈延寿《しゃくえんじゅ》の『金剛証験賦《しょうげんふ》』（一条）も宋代の書物だから、他の『報応記』（五条）や『雑俎記』（五条）も宋代成立の書物に相違あるまい。これらの書物は現在佚しており、もはやその全貌を知ることはできないが、宋元を通じ多数刊行された志怪書のなかにそれに類する応験譚をみいだすことはさして困難ではない。

洪邁と夷堅志

宋代の志怪書としてまず指を屈しなければならないものは洪邁《こうまい》（一一二三―一二〇二）の『夷堅志《いけんし》』であろう。洪邁も干宝のごとく史家の意識をもち、史書をみずから編むことを目的に奇見異聞を集め続けた。しかし洪邁が得たのは『四朝国史列伝《しちょう》』を編む機会のみで、『九朝国史《きゅうちょう》』のそれはとうとう得ることができなかった。その意味では見果てぬ夢を見続けた人といえよう。それが干宝の『捜神記』二十巻に対し、『夷堅志』四百二十巻という差を生んだゆえんかも知れない。この『夷堅志』に仏典として最も多く登場するのが金剛経なのである。

洪邁は『夷堅志』を編纂するにあたり、『冥報記』の唐臨、『金剛般若経集験記』の孟献忠と同様な方法を採用した。しかし洪邁は唐臨のように複数の人間から裏をとり、みずから出向いて確かめたうえ、信頼できるものを選んで書くというような厳格さは持ち合わせなかった。とかく『夷堅志』が不評なのはこの事による。一事異伝と思われる話がその話題の提供者の相違ゆえに重複して収められるケースも存する。後に詳しく述べる「鬼国母《きこくぼ》」と「鬼国続記」の関係がそれであった。志怪書編纂の伝統は郭《かく》彖《たん》の『睽車志《けいしゃし》』、沈《しん》某の『鬼董《きとう》』、元好問《げんこうもん》（一一九〇―一二五七）の『続夷堅志』、闕名の『異聞總録《いぶんそうろく》』（ただしこの書物はそれ以前の志怪書を抜粋したに過ぎないとされる）、『湖海新聞夷堅続志』へと承け継がれてゆく。そこでこれらの書物の多くに採用され、かつ大悲呪《だいひじゆ》、すなわち「千手千眼観世音菩薩大円満無礙大悲心陀羅尼《せんじゆせんがんかんぜおんぼさつだいえんまんむがいだいひしんだらに》」の利益について述べた話を取り上げ、こうした話の背景にあったと推定される通夜や法事の場での僧の説教と、それにもとづきつつ発達した文芸について触れ、かつは既述の応験記成立の由来について再考してみたい。

鬼国母

まずは『夷堅志』支壬志《しじん》原収と推定される「鬼国母」（志補巻二十一所収）のあらすじを掲げよう。

図表3-4　鬼国母関係比較表

出典	捜神秘覧 張都綱	夷堅支壬志 鬼国母	夷堅支癸志 鬼国続記	異聞總録 無題	夷堅続志 祭煉感応
主人公の姓名・本籍	柳州　張都綱	建康巨商　楊二郎	福州福清　楊氏父子三人	建康　楊二郎	広州商人
時代・帰国後の生死		淳熙中　紹熙中猶存	越歳一切如初	淳熙中　紹興中猶存	越両月死
漂流地	婦人食人国	鬼国母	鬼国	鬼母	一洲　海嶋
来訪者・招請理由	人来曰柳州張都綱宅設天地冥陽大醮拝請	駛卒持書至真仙邀迎国母請赴瓊室	飛符使者従天而下訪問此子	走卒真仙邀迎鬼母請赴瓊室	符使持公文到水府広州某人因作商死于海嶋今祭煉天下鬼神
帰国方法	貯以布嚢使一女攬其首而背之相与騰空而去	飄然履虚如躡煙雲	戒楊瞑目勿開既登塗耳畔聞風雨波濤之声甚厲良久脚踏平地	飄然履虚如躡雲	挟至
隠れ場所	屋顚	卓幃	大木之上	卓幃下	屋上
呪文・帰還方法	天地呪　都綱亦於布嚢中誦焉	設水陸做道場資薦	大悲呪・随口持諷鬼不復相親	設水陸道場資薦	命道士建九幽齋醮祭文煉天下孤鬼
備考	為此薦厳故也	故乃知仏力広大委曲為之地	秀州天寧長老妙海時在彼県親見之		以此見祭煉之有功如此

建康の巨商楊二郎は南海貿易で巨利を得ていたが、淳熙年間（一一七四―八九）に遭難し、からくもとある島に辿り着いた。島の洞窟には裸の男女がいたが、言葉はおおよそわかる。鬼国母とよばれる婦人の頭《かしら》がおり、楊二郎はこれと夫婦となり二年間を過ごした。ある時、駛卒《しそつ》が手紙を持って鬼国母のところへやってきて、真仙が瓊室《けいしつ》にお招きだとのこと。これ以後母は旬日、あるいは月に一度楊二郎をおいて出掛けるようになった。同行を願う楊二郎に、初めは凡人だからと渋っていた母もついに許可を与える。空を飛んである館《やかた》に着くとそこは御馳走《ごちそう》の山。同行した者はすべて席に着いたが、二郎は母に卓幃に隠れるよう命ぜられる。そのうち紙銭を焼く臭いがし、聞き覚えのある泣き声がする。なんと自分の妻子の声ではないか。二郎が這い出すと最初は幽霊だと唾を吐き掛けられたが、ついに本人であると認められた。母は外で怒鳴っていたが、二郎に近づけず、それなり消えてしまった。聞けばその日は除霊の日で、二郎のために水陸の道場を催していたとのこと。二郎は一年ほどして顔色がもとに戻った。

『異聞總録』巻一はこれをほぼそのまま襲ったものだが、同じ『夷堅志』の支癸《しき》志巻三に収められる「鬼国続記」は「支壬鬼国母の異を載せたるに、復《また》一事を得たり。頗《すこぶ》る相類して而《しか》も実は同じからず」と断るように、ややこれと相違している。とりわけこの話を語った人物を秀州天寧長老妙海とし、「鬼国母」が「水陸を設け、道場を倣《な》し薦《せん》に資《し》す」とする部分を「大悲呪を呪誦す」としている点が目につく。先の『金剛感応事跡』は三十九条の『金剛般若波羅蜜経』の応験譚を収めるが、うち三条に天寧寺の名が見える。当時の天寧寺の僧は経典を念ずる功徳を説くことにたけていたとおぼしい。「鬼国続記」を説いた妙海もその一人であったろう（補記：宋・梅堯臣〈一〇〇二―六一〉の『宛陵先生文集』巻五三に収められる「呂縉叔曰、永嘉僧希用隠居、能談史漢書講説、邀余寄之」の詩に見える希用隠居などもそうした僧の一人であったろう）。こうした話は主に法事の席などで語られていたらしい（補記：『夷堅志』補巻一六所収の明李濂の『汴京勼異記』巻三所収の「任迥春遊」は、鬼国を汴京の近効に設定している）。鹿児島の島嶼《とうしょ》部では病人や死者のとぎのために昔話を語っていたという。僧侶あるいは僧形の芸人にとり、こうした場はみずからを高く売る最適な場であり、応験譚は恰好な話であったに相違ない。それは「鬼国母」の「故《ゆえ》に乃《すなわ》ち仏力の広大にして委曲之《いきょくこれ》が地《ち》と為《な》るを知る」という字句にもみてとれよう（『夷堅続志』の「祭煉感応《さいれんかんのう》」が二月後に死んだと説くのは、それが道教仕立てなのと関係しよう）。

この話を最も早く収めたのは韋炳文《いへいぶん》の『捜神秘覧』巻中の「張都綱《ちょうとこう》」だが、そこでは大悲呪は天地呪とされる。天地呪であれ大悲呪であれ、そうした相違は語り手にとり、いわば「些末」な相違ではなかったか。聞き手の信仰に合わせさえすればそれでよかったのではあるまいか。なお「張都綱」に見える天地冥陽大醮《てんちめいようだいしょう》とは天地冥陽水陸《すいりく》大齋《たいさい》、すなわち水陸あるいは水陸道場とよばれる死者の霊魂を供養する場、施餓鬼《せがき》であった。こうした場で『金剛般若波羅蜜経』が誦されたことは『金剛感応事跡』にも見える。ちなみに『金剛感応事跡』を次章で論ずる説経の話本とする説もある。

転変と転経

『全唐詩』巻二十八には吉師老《きつしろう》の「蜀女が昭君変を転ずるを看《み》る」と題される詩が収められ、王昭君を主人公とする変文、昭君変が語られる場面を詠んだものとされている（王昭君についてのまとまった最初の記述は『西京雑記』に見える。同じ『西京雑記』に漢の武帝のもとを訪ねる西王母についての記述があるが、西王母についても

「前漢劉家太子《ぜんかんりゅうかたいし》伝（一名劉家太子変）」に言及される。西王母の女神としての登場は『漢武帝内伝』、『漢武故事』からであった。こうした事実は物語の伝統を論ずるうえで看過し得ないものであるが、今詳しくは論じない）。「転変」に対し、経文を誦することを「転経」という。この言葉は『続光世音応験記』にすでに見え、『金剛般若経集験記』の引く『金剛般若経霊験記』（「趙文昌《ちょうぶんしょう》」の条）には開皇十一（五九一）年のこととして、「周武帝の為《ため》に三日齋《さい》を持《じ》し、金剛般若経を転」じたとある。敦煌からは『金剛般若波羅蜜経講経文《こうきょうぶん》』（P《ペリオ》二一三三）と仮題される経、白（散文）と唱（韻文）からなる「講経文」も発見されている。金剛経と講唱文芸とは浅からぬ因縁をもっていたのである。

説経と文芸

『魏書』の「釈老志」は「沙《さ》門《もん》道進、僧超、法存等有り並びに時に名有り。諸異を演唱す」と記す。北魏の文成帝の頃（四五二—六五）のことである。ではこの「諸異」とはいかなるものであったのか（「諸典」とするテキストもあるがとらない）。日本の『小野経蔵目録』は金剛般若集験記屏風画面二十四枚を著録する。変文とは変あるいは変相《へんそう》とよばれる画巻《がかん》をもとに語られた絵解きの講唱文芸であった。先の吉師老の詩にも「画巻開く時」とあった。都長安での変文演唱の場であったと考えられる俗講がいつ始まったかには諸説あるが、俗ならぬ経典の講義がこれに先立ち、同様な様式でおこなわれていたことはまず間違いない。梁の慧皎《えこう》の『高僧伝』は僧侶の功績を十に分け、その最後の唱導《しょうどう》に、「法理を宣唱し衆心を開き導く」ことと定義を与え、「声弁才博」を駆使し、人（出家五衆、君王長者、悠悠凡庶、山野民処）と時とに応じて語り口を変えるべきで、「悠悠凡庶」に対しては、「事を指《さ》し形を造《つく》り、直《ただ》に聞見を談ずべし」と論じている点は大いに注目される。これこそが応験記を志怪書から区別し特徴づけているゆえんのものだからである。とすれば先の「諸異」とは応験譚ではなかったか。そういえば応験記群にも『冥報記』にも僧侶の集団が見え隠れしていた。こうした諸地を巡る遊行僧《ゆぎょうそう》によりなされた遊行説教は一方で伝奇や変文の成立にインパクトを与え、その一方で民間に潜在し続け、やがて新たな講唱文芸を産み出す活力となったのである。

第四章　二都の夢——新たな「小説」の誕生

本章は唐代の官僚サークルにおこった伝奇を承け、北宋の都汴京《べんけい》（開封）と南宋の都臨安《りんあん》（杭州）の瓦子《がし》（盛り場）の勾欄《こうらん》（演芸場）に栄えた「説話四家」、特にその「小説」について述べることを本旨とする。しかしその前に前二章について補足をしておく必要を感ずる。

志怪にみる仏教の影響

前二章では志怪と伝奇の相違が、前者に強く働いていた史家の記録意識が後者では弱まっていることにあり、志怪から伝奇が生ずるにあたって触媒の役割をはたしたものが仏教の応験記であったことを述べた。話の出処の明示に神経質な応験記が空想の翼を広げる伝奇誕生の契機となったとするのはいかにも矛盾するようだが、応験記の登場までに志怪そのものも相当変質していた。たとえば『捜神記』と『幽明録』との間にはかなりの性格の相違が認められる。こうした変わりつつある志怪に超現実的な仏教の思想とその地獄説が与えたインパクトのほどは計り知れない。仏教の超現実性が伝奇と直結するわけではないが、記録の呪縛を離れ、文学的創造性を発揮するに際し、それは欠かせないものであった。本来ここで仏教とその地獄説の志怪への影響について詳しく触れなくてはならないのだが、その余裕がない。前者の代表例に『旧《きゅう》雑譬《ぞうひ》喩経《ゆきょう》』の影響下になった呉均《ごきん》（四六九―五二〇）の『続斉諧記《ぞくせいかいき》』「陽羨《ようせん》書生」（井《い》原《はら》西鶴《さいかく》の『諸国咄《しょこくばなし》』「残るものとて金の鍋」の原話。類話は『霊鬼志《れいきし》』にみえ、『玄怪録』「侯遹《こういつ》」はこれの影響を受ける）を、後者のそれに『冥祥記』ならびに『幽明録』に収められる「趙泰」を挙げるにとどめよう。

六朝貴族社会の崩壊

仏教とともに伝奇の誕生にとって見逃せないのが六朝貴族社会の崩壊である。隋に始まった科挙の制度は唐に一応の完成をみる。このことは文人が王侯と縦に結びつき、これに文芸で奉仕するという時代の終焉を促した。科挙に合格すれば高級官僚になれるなら（貴族社会の残滓《ざんし》のある唐代ではことはそう簡単ではなかったが）、誰しも科挙に血道をあげこそすれ、王侯の幇間《ほうかん》になろうなどとは思うまい。もちろん宮廷においてサロン文人が王侯に捧げるという形で維持されてきた物語の伝統がそれなりに消え去ってしまったわけではなく、形を変え、官僚の間や節度使《せつどし》と幕僚の間に存在し続けた。ただそれまでの唯一人のための物語から、不特定多数の、対等な立場に立つ批判者を意識してのそれへと変貌していたことはいうまでもなかろう。詩文の才で選ばれた官僚には官署務めのつれづれのおりや酒宴の席で詩や物語を詠み語る場合が多かったろう。李復言の『続玄怪録』「張逢」には「元和《げんな》六年、淮陽《わいよう》に旅次し、公館に舎す。館吏 客を宴す。坐に令を為《な》す者有り。曰く、「巡若《も》し到《いた》らば、各《おの》おの己《おのれ》の奇事を言え。事 奇ならざる者は罰せん」と」とある。この状況が伝奇を文字通り奇たらしめたゆえんであることは疑問の余地がない。しかしこのことは伝奇が官僚層の独占物であったことを意味する。民間からの活力を失った伝奇は宋以降においては下降線をたどっていった。

俗講と市人小説

民間にとどまった物語の伝統は民間芸人の語る物語詩や応験譚を語る遊行僧、唱導僧の間に維持された。これがやがて文溆《ぶんじょ》に代表される俗講《ぞっこう》僧として脚光を浴びることになる。俗講には経典をやさしくかみくだいて説く講経文のほかに変文といわれるものがあったが、その題材には仏教と無縁のものもあったらしい。都長安での俗講の内容が敦煌で発見された講経文、変文と同一のものとの確証はないが、蜀の地で昭君変が語られ、白居易と張祜《ちょうこ》の会話に「目連変《もくれんへん》」が話題となる（孟棨《もうけい》の『本事詩』「嘲戯《ちょうぎ》第七」）ことからみて、その蓋然性は高かろう。俗講は次第に寺院以外の地で、僧侶以外の人によって語られるようになっていったと推定される。元稹《げんじん》によれば、都長安では「一枝花《いっしか》」が語られていたという。「一枝花」とは「李娃伝」のことである。「一枝花」が「李娃伝」にもとづく語り物なのか、「李娃伝」が「一枝花」を文語で書き留めたものなのかは議論の余地があろう。そもそも「一枝花」が語り物か否かも問題となろう。しかし「寅《いん》自《よ》り巳《し》に至るも、猶未だ詞《ことば》を畢《お》えざるなり」とある「一枝花」がかなりの大作であったことは疑いようがない。元初の書物で日本にのみ伝存した羅《ら》燁《よう》の『酔翁談録《すいおうだんろく》』甲集巻一「小説開闢《かいびゃく》」には後述する宋代の「説話四家」のひとつ、

「小説」の演目が挙げられているが、そこにも「李亜仙」の名が見える（『酔翁談録』自体も「李亜仙不負鄭元和」を収めている）。「李娃伝」はその成立とほぼ同時に講唱文芸とかかわりをもったのである。

段成式の『酉陽雑俎』続集巻四「貶誤《へんご》」には、太和《たいわ》（八二七—三五）末に市人（市井の芸人）が扁鵲《へんじゃく》をテーマに「小説」するのを聞いたとの文章がある。それによればこの市人は二十年前に上都（長安）の斎会でもこれを演じたという。斎会とは水陸道場（せがき）のことである。この「小説」の場に僧侶が介在していたことは明らかである。扁鵲はいにしえの名医だが、それ以上にこの「小説」の具体的な内容を知ることはできない。ただ敦煌から発見された句道興の『捜神記』に二条扁鵲について語るものが存する点は注目される。この『捜神記』はその多くを『史記』などからとったもので、干宝の『捜神記』とは同名異書であるが、「見る者（聞く者）皆異なる哉《かな》と云《い》う」などの言葉の頻用に口誦性が認められる。また巻頭に「行孝《こうこう》第一」とあるが、敦煌からは『孝子伝』、『舜子《しゅんし》変』、『董永《とうえい》変文』、あるいは『大目乾連冥間救母変文《だいもくけんれんめいかんぐもへんぶん》』、『父母《ぶも》恩重経講経文《おんじゅうきょうこうきょうぶん》』といった、いわゆる孝道文学が多数発見されている。こうした内容なら斎会の席の「小説」としてもふさわしい。中唐の頃までには、都の市人の間にも物語の風が広まっていたことは確かであろう。俗講と市人の「小説」はあいまって宋代の「説話」を形作っていったのである。

汴京と臨安

唐は節度使の勢力が跋扈するなかで滅び（九〇七年）、中原の鹿は五代十国の混乱をへて宋の手へ落ちた（九六〇年）。宋は唐の失敗にこりて文治政策をとったうえ、成立の当初から燕雲《えんうん》十六州を北方の契丹遼《きったんりよう》に占拠されていたため、これに膝を屈し続けねばならなかった。だがそれゆえ国内には平和が続いた。しかし宋が遼の後方に勃興した金と手を結んで遼を滅ぼそうと画策した結果、動乱が生じた。金に都汴京を陥れられ、あまつさえ徽宗《きそう》、欽宗《きんそう》の二帝を北方に連れ去られてしまったのである（靖康《せいこう》の難）。欽宗の弟の康王はただちに応天府で即位した（一一二七年）。これ以前の汴京に都していた時期の宋を北宋とよぶのに対し、南渡後臨安に都したこれ以後を南宋とよぶ。南宋は国土の半分は失ったものの、元に滅ぼされるまで（一二七九年）平和を保ち、文化は栄えた。北宋の都汴京の繁華のさまは張択端《ちようたくたん》の『清明上河図《せいめいじようかず》』に見ることができる。

東京夢華録と夢粱録

文章で徽宗朝の汴京の繁華のさまを描いたものに孟元老《もうげんろう》の『東京夢華録《とうけいむかろく》』十巻がある。「東京」とは西京洛陽に対する汴京をいい、筆者孟元老が南渡後二十年をへた紹《しょう》興《こう》十七（一一四七）年にこの記録を臨安で書いたゆえ、「夢華録」と称する。『東京夢華録』はおよそ三つの内容からなっている。汴京の都城区分や宮殿、寺院、店舗などに関する地誌的部分、宮中及び民間の年中行事を述べた歳時記的部分、市民の風習や生活に言及する部分がそれである。なかでも第三の部分が小説史の研究にとって貴重である。だが孟元老の文は文飾が施されず、雅でもないため、非常に難解なものとの定評がある。

『東京夢華録』の後もこの種の記録はいくつか書かれた。いずれも臨安に関する、端《たん》平《ぺい》二（一二三五）年の序をもつ耐得翁《たいとくおう》の『都城紀勝』一巻、西湖老人の『西湖老人繁《はん》勝録《しょうろく》』一巻、呉自牧《ごじぼく》の『夢粱録《むりょうろく》』二十巻、周密（一二三二―九八）の『武林旧事』十巻などがそれである。周密の『武林旧事』は最も体例が整い詳密と、呉自牧の『夢粱録』は詳密であるが蕪雑と評されているが、興味深く、一次資料という点においては

『夢粱録』が優れる。

瓦子と勾欄

『夢粱録』巻一九「瓦舎《がしゃ》」の項は臨安城内外の瓦舎（瓦子、瓦肆《がし》、瓦市ともいう）十七を挙げるが、『西湖老人繁勝録』が執筆された頃にはその数、城内五、城外二十にものぼったらしい（『武林旧事』巻六の「瓦子勾欄」はこの両者の記載を併せたに過ぎず、しかも後者に見える朱氏瓦を漏らしている）。瓦子の命名は「来る時は瓦合《がごう》し、去る時は瓦解《がかい》」する、すなわち人が常に集散を繰り返すことによるという（補注：瓦市についても、空地を意味する俗語ないし外国語とする説、瓦屋根を連ねた繁昌した市街地だったからとの説もある）。瓦子には勾欄という小屋掛けがあり（北瓦には最多十三の勾欄があったという）、そこで種々の大衆伎芸《ぎげい》が演じられていた。『東京夢華録』巻五「京瓦《けいが》伎芸」の項は崇寧《すうねい》・大観《たいかん》（一一〇二―一一〇）以来、汴京の瓦肆で演じられた伎芸を以下のごとく列挙する。

主張、小唱《こうた》、嘌唱《はうた》、雜劇《しばい》、杖頭傀儡《てづまにんぎよう》、懸絲《いと》傀儡《あやつり》、薬発《し》傀儡《かけあやつり》、小掉刀、筋骨、上索《つなわたり》、毬杖、踢弄、講史、小説、散楽、舞旋、相撲雑劇、掉刀蛮牌、影戯《かげえしばい》、弄喬影戯、弄虫蟻《むしげい》、諸宮調、商謎《なぞあて》、合生、説諢話、雑喞《きょうげん》、神鬼、説三分、五代史、叫果子

この多くは『都城紀勝』以下の書物にも見え、おおよその内容を知ることもできる。このうち中国小説史の研究にとって重要なものは講史、「小説」であるが、説諢話《せつこんわ》、説三分《せつさんぶん》、五代史も見逃せない。説三分は元の至治《しち》年間（一三二一―一三二三）に『全相平《ぜんそうへい》話《わ》三国志』という形でその種本が刊行され（第一章で述べた『三国因』はその後世のバージョンといえる）、後に『三国志演義』に発展する、魏、呉、蜀三国の鼎立した時代を語る語り物の源頭近くに位置するものであり、五代史は『新編五代史平話』として今にその種本が残される五代十国の乱世を語る語り物だったからである。これらは本来講史の一部をなすはずのものであったが、おそらくその人気ゆえに専家に立てられたものであろう。説三分語りには霍四究《かくしきゅう》が、五代史語りには尹常売《いんじょうばい》の名が知られる。説諢話は我が国の歌謡漫談にあたり、張山人が著名である。

説話四家

「説話四家」について触れる最古の文献は『都城紀勝』の「瓦舎衆伎」である。そこには「説話に四家有り」として、次のように記されている。

一は小説、之を銀字児《ぎんじじ》と謂う、煙粉、霊怪、伝奇の如し。説公案は皆是れ搏刀、趕棒及び発跡変泰《はっせきへんたい》の事。説鉄騎児は士馬金鼓の事。説経は仏書を演説するを謂う。説参請《せっさんせい》は賓主参禅悟道等の事を謂う。講史書は前代書史文伝、興廃争戦の事を講説す。最も小説人を畏る、蓋し小説は一朝一代の故事を以て頃刻《けいこく》の間に能く提破すればなり（ただし断句には諸説がある）。

この文では何を「説話四家」といわんとしているのか今ひとつ判然としない。そこで『夢粱録』巻二十「小説講経史」の記載を参考にしてみたい。そこには次のようにある。

説話は之を舌弁と謂《い》う。四家の数有りと雖も各おの門庭有り。且《か》つ小説は銀字児と名づく。煙粉、霊怪、伝奇、公案、朴刀、桿棒、発発踪参（発変跡泰）の事の如《ごと》し。譚淡子《たんたんし》、翁二郎、雍燕《ようえん》、王保義、陳良甫《ちんりょうほ》、陳郎婦棗児《そうじ》、徐二郎等有り。古今を談論すること水の流るるが如し。談経は仏書を演説するを謂う。説参請は賓主参禅悟道等の事を謂う。宝庵、管庵、喜然和尚等有り。又説諢経なる者有り、戴忻庵《たいきんあん》。講史書は通鑑《つがん》、漢唐歴代の書史文伝、興廃争戦の事を講説するを謂う。戴書生、周進士、張小娘子、宋小娘子、邱《きゅう》機山、徐宣教有り……但最も小説人を畏る。蓋し小説は能く一朝一代の故事を講じ、頃刻の間に捏合《ねつごう》し、起令、随令と相《あい》似て、各《おのおの》一事を占《し》むればならん。

「説話四家」とはいっても実際のところは「四家」とは限らないようだし、時の経過にともなうはやりすたりもあったろう。『東京夢華録』の記載などからみて、北宋期には説（談）経はまだ勾欄にはのぼらず、説鉄騎児《せつてつきじ》は早くすたれたと考えられる。『西湖老人繁勝録』は説経の伎芸人として長嘯《ちょうしょう》和尚、彭道安《ほうどうあん》、陸妙慧《りくみょうけい》、陸妙浄《りくみょうじょう》を挙げる。これと『夢粱録』の挙げる説参請の伎芸人は、おそらく僧侶（道士）ないし尼僧（女冠《じょかん》）であったろう。説経、説参請は北宋の中期に俗講が姿を変えて瓦子に進出したものとも考えられる。しかししいて「四家」を挙げるならば、「小説」（即銀字児）、説鉄騎児、説経（及び説参請）、講史書となろう。説鉄騎児は専門に当時の対金戦争を語ったものとされる。南宋政権の対金和平施策と説鉄騎児の衰退とは表裏の関係にあったであろう。なお『西遊記』の原初形態である『大唐三蔵取経詩話』及び『大唐三蔵取経記』は説経のテキストと考えられよう。

講史書と「小説」

こうしてみると瓦子の演芸で人気の衰えなかったものは講史書と「小説」ということになる。『武林旧事』巻六「諸色伎芸人」は演史に二十三、「小説」に五十二の名を挙げる（ちなみに説経諢経は十七名）。この伎芸人一覧を見て、演史に貢士《こうし》、解元《かいげん》、進士、書生、あるいは宣教、郎中、官人などの呼称の者が多いことに気づく（「小説」にはこの類のものはない）。おそらく演史（講史書）には史書を講ずるためそれ相応の学問なり教養なりが必要だったのであろう。「小説」のことを銀字児ともよぶのは、それが銀字管という楽器を客寄せに使用したからであるという。「小説」人（「小説」語り）が他の三家に畏れられたのは「小説」が一朝一代のことを束の間《つかま》に提破《ていは》、あるいは捏合《ねつごう》するからという。提破とは題破とも書き、からくりをあばくこと、捏合とはいい加減にでっちあげることをいう。「小説」は史実から離れられない講史書（後述する『酔翁談録』の甲集巻一「小説引子《いんし》」はこれを「謹按史書」という）に対し、創作の要素を多分にもっていたのである（同じく「随意挒事演説」という）。しかしこの「小説」をもってしても、未だに記録の呪縛から抜け出せてはいない。当時の「小説」そのままではないにしろ、そのなごりを多くとどめる『清平山堂話本』（後述）などに収められるいわゆる話本《わほん》に見える「説話的《こうしゃくし》」の「講論」は、『史記』の「太史公曰」や、志怪、伝奇の末尾に置かれる作者の評、清代の『聊斎志異』の「異史氏曰」とも通ずる性格をもっているからである。

緑窗新話と酔翁談録

「小説」は雄弁社といった書会《しょかい》で老郎《ろうろう》あるいは才人《さいじん》などとよばれる作者によって作られた。宋末元初の人羅燁《らよう》によって書かれた『酔翁談録』の甲集巻一「小説開闢」はそうした「小説」（「演史講経並可通用」とある）作者の学問、教養のほどを、「幼くして太平広記を習い、長じては歴代の史書を攻《おさ》む。煙粉奇伝、素《もと》より胸次の間に蘊《おさ》め、風月須知、只唇吻《ただくちびる》の上に在り、夷堅志は覧ざること有る無く、琇瑩集《しゅうえいしゅう》は載《の》する所皆通ず。動哨、中哨、東山笑林に非ざる莫く、引倬、底倬、須《すべ》からく緑窓新話に還《かえ》るべし……」といっている。語りの用語らしき動哨、中哨、引倬、底倬の意味は不明だが、その大意は知れる。挙げられている書物のうち『琇瑩集』と『東山笑林』については知るところがないが（煙粉奇伝、風月須知は書名ではなかろう）、『太平広記』、『夷堅志』は前章までに言及している。『緑窓新話』は皇都風月主人の著で、南宋末の成立と推定される「小説」人の種本集である。現在目にし得る『緑窓新話』は嘉業堂蔵抄本にもとづくと称される活字本であるが（嘉業堂蔵抄本を含め、かつてその存在を知られた三種の抄本の所在はすべて不明）、この全百五十四話中二十五話に「説話的」の講論を思わせる「評曰」が附されている点は注目される。

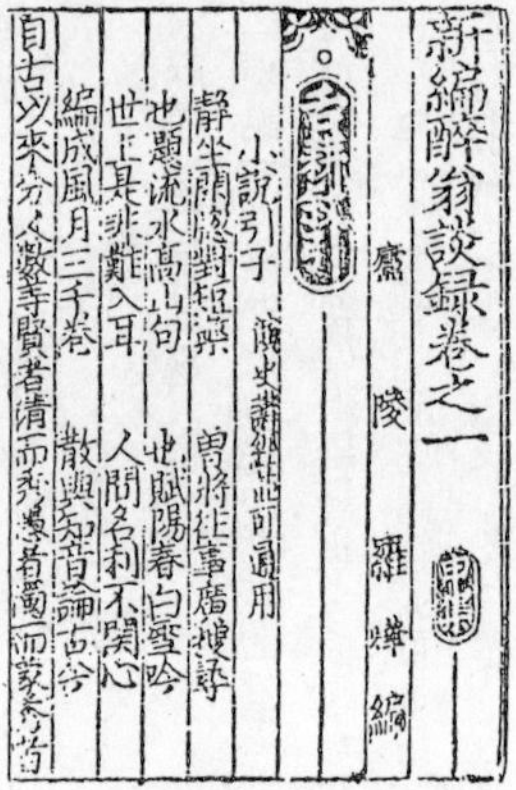
新編醉翁談録巻之一
廬陵　羅燁　編
小説引子　演史講經並可通用
静坐閑窓對短檠　曾將往事廣搜尋
也題流水高山句　也賦陽春白雪吟
世上是非難入耳　人間名利不關心
編成風月三千巻　散與知音論古今
自古以來分人數等賢者清而秀愚者濁而蒙

図表4-1　『酔翁談録』（天理図書館蔵）

『都城紀勝』にしろ『夢粱録』にしろ、「小説」のなかを煙粉、霊怪、伝奇と細分している点に変わりはない。しかし説公案以下が明白でない憾《うら》みがあった。ところが『酔翁談録』の「小説開闢」は「有霊怪、煙粉、伝奇、公案、兼（衍字か）朴刀、捍（桿）棒、妖術、神仙」と述べたあと、それぞれの演目を総計百七（異論はある）列挙している。前記二書の記述もこれによりほぼ正しい理解にたどりつくことができる。宋代の「小説」には霊怪、煙粉、伝奇、公案、朴刀《ぼくとう》、桿棒《かんぼう》、妖術、神仙、発跡変泰などの細目があったのである。ただ発跡変泰は宋末には他に吸収されてしまったらしい。それは南宋が平和な時代であったことと関係しよう。

第五章　神話の没落――夔から五通へ

中国に限らず、小説の起源を論ずる際、神話は無視し得ない存在である。本書はこれまで意識的に神話に触れることを避けてきた。魯迅以来、中国小説史を論ずる書は必ずといってよいほどその冒頭に神話を扱う一章をおいてきた。神話は小説のみならず、ほとんどすべての社会事象の原点といえ、これを全面的に論ずることは本書のよくするところではない。しかし小説史を論ずる以上触れないわけにもゆかない。そこで宋代の「小説」のひとつ、霊怪を論ずるなかでその一端に触れ、かつ神話の断片を残す志怪について再度見てゆくことにしたい。

霊怪の門庭

『酔翁談録』の「小説開闢」には十六の演目が「霊怪の門庭《レパートリー》」として掲げられてい

る。楊元子《ようげんし》、汀州記《ていしゅうき》、崔智《さいち》韜《とう》、李達道、紅蜘蛛《べにぐも》、鉄甕児《てつおうじ》、水月仙、大槐王《だいかいおう》、妮子《ぢし》記、鉄車記、葫蘆児《ころじ》、人虎伝、太平銭、巴蕉扇《ばしょうせん》、八怪国、無鬼論がそれであるが、うちいくつかについてはその内容を推定し得る。たとえば崔智韜、大槐王、人虎伝は唐代の伝奇作品を、李達道や無鬼論は宋・李献民《りけんみん》の『雲齋広録』の「西蜀異遇」、「無鬼論」を演じたものとみてまず間違いない。そのほかについては、鉄車記、八怪国が後に『西遊記』の一部となったものであるかも知れないものの、諸説いりみだれ、定説（ないし通説）がないのが現状である。そこでいま代表として汀州記を取り上げ、神話と文学、民間信仰とのかかわりについて見てみることにしよう。

汀州と山魈

汀州が今日の福建省長汀県であることは衆目の一致するところであるが、汀州記の内容については二説が存する。ひとつは『夷堅志』乙志巻七の「汀州山魈《さんしょう》」ではないかとするものである。「汀州山魈」は「汀州山魈多し。其の郡治に居《お》る者を七姑子と為す。倅庁《さいちょう》の後に皂莢樹《さいかち》有り。極大にして幹《みき》分かれて三と為り、正《まさ》しく堂屋を蔽《おお》う。亦物有り之に居る」に始まる。通判陳吉老《ちんきつろう》の娘夫婦が里帰りしたおりにその寝所を襲った模糊として家より高い化物の話と、数年後その後任となった趙子璋《ちょうししょう》のもとに現れた猫形怪の話とからなっている。霊怪目には虎、狐、蜘蛛、蟻といった動物怪も語られており、「汀州山魈」を汀州記にあてる説は成立し得る。だが、『夷堅志』に限っても、汀州記の候補はこれにとどまらない。支景（丙）志巻八の「汀州通判」は先の趙子璋（本文には「宗室忘其名」とある）を主人公とするいまひとつの霊怪譚である。「初冬の一日、推官庁に暫時住まう趙通判の所へ一人の吏が十余枚の「前任通判汀州軍州事」なる肩書の名刺を届ける。趙は鬼《き》と見抜き一歩も譲らぬ堂々の応接をした」というものだが、そこに吏士の言葉として、「此の庁 正《まさ》に自ずから七姑子の擾《じょう》有り」とあるのが注目される。「蓋《けだ》し山鬼なり」とされる七姑子は汀州ばかりでなく、福建省と境を接する江西省贛州《かんしゅう》にいたことも知られている（支甲志巻六「七姑子」）。

もう一説は『太平広記』巻三百六十一に引かれる『会昌解頤録《かいしょうかいい》』の「元自虚」（ならびに『類説』巻八所引『集異録（記）』の「山魈報冤」）とするものである。「元自虚」は「唐の開元中に汀州の刺使《しし》となった元自虚の所へ蕭老と名乗る老人が現れ、「使君の宅に在ること累世、幸いに庁堂を占めざらんことを」といって消える。自虚が堂の裏手の枯樹に巣くう山魈を焼き殺したところ、蕭老が縞素《もふく》でやってきて、弾丸ほどの小合《こばこ》を投げつける。自虚が開けると蠅くらいの虎が飛び出し、見る間に大虎となり、家人を皆殺しにして消えた」という話であり、「山魈報冤」は主人公蕭山令韋《い》知微《ちび》の所へやってきた人物が蕭造を名乗ったこと、小合から最初飛び出したのが猴《さる》だったことを除き、「元自虚」に一致する。汀州記が「汀州山魈」、「元自虚」、「汀州通判」のいずれであるにせよないにせよ、それが汀州の官署に巣くう自ら蕭と名乗る山魈（山鬼）の怪を語るものだったことに間違いはなさそうである。ちなみに紀昀《きいん》（一七二四―一八〇五）の『閲微草堂筆記《えつびそうどうひつき》』巻一「灤陽消夏録《らんようしょうか》」、袁枚《えんばい》（一七一六―九七）の『子不語《しふご》』巻二十一の「福建試院樹神」とも汀州試院の古柏《はく》に巣くう怪について記している。皂莢樹を焼かれた山魈が倅庁から試院に居を遷したのであろうか。そこでつぎに汀州を本拠とするこの山魈の淵源について考えてみよう。

独足の山魈

宋初の大中祥符《だいちゆうしょうふ》元（一〇〇八）年に編纂された韻書、『広韻』の魈の項は「山魈。汀州に出ず。独足鬼」と注する。「汀州山魈」、「汀州通判」の山魈はいずれも独足とはされていない。この点では「元自虚」の山魈も同様である。しかしその怪異のさまを「脚を地に垂《た》らす」と表現することからみて、やはり独足だったと推定される。『夷堅志』乙志巻二の「宜興《ぎこう》民」は、「滑稽で鳴る宜興の民が天窗から毛むくじゃらな足一本を垂らす山鬼に、「若《も》し果たして神通ならば、更に一足を下せ」と戯れたところ、鬼は足を引っ込め、二度とやってこなかった」という話であるが、山鬼がこの程度の言葉ですごすごと引き上げざるを得なかったのは、この注文が山鬼にはとてつもない難問だったからに相違ない。宜興の民はそれを承知でからかったのである。『太平広記』巻四百二十八の「斑子《とら》」は『広異記』を引き、「山魈は嶺南の所在《そこここ》に之有り。独足反踵《はんしょう》（かかとが前にある）」と述べている。どうやら唐から宋にかけ、江南各所には独足の山魈が跳梁していたようである。

山海経と山海経図

中国はギリシャや北欧のごとき豊かな神話に乏しい。この原因を魯迅は漢民族がまず住み着いた黄河流域の厳しい自然環境からくる労働過重とそれによる実際重視、空想軽視の思想、ならびにその性格の忘れっぽさからくる神話伝説の流動性に帰した。しかし中国神話の痕跡はなお多くの書物に見ることができる。なかで神話の宝庫ともいえるのが『山海経《せんがいきょう》』一八巻である。『山海経』は地理書としての性格と、その地の動植鉱物、神、化物について記す広義の異物志《いぶつし》としての性格をあわせもち、五篇（南、西、北、東、中）のいわゆる五蔵山経、四篇（南、西、北、東）からなる海外経、海内経《かいだいけい》などからなっており、長期にわたる口伝《くでん》ののち、漢代に成書したと推定されている。おそらく各地の山川に薬草を求めて分け入った方士の間に語り伝えられた伝承からなろう。大荒経以下の記述には図の存在を思わせる表現も見えるから（陶潜の「読山海経」と題する詩に「山海図を流観す」の句がある）、『山海経』はこれらの人々が護符がわりとした、いわば絵解きの神々（化物ももとは神であった）の総カタログだったと考えられる。この『山海経』に独足の化物、夔《き》が登録されている。

夔一足

『山海経』の「大荒東経」には次のような一節がある。

東海の中に流波の山有り。海に入《い》ること七千里。其の上に獣有り。状は牛の如《ごと》く、蒼身《そうしん》にして角無く一足。水に出入すれば則ち必ず風雨あり。其の光日月《じつげつ》の如く、

山　㺐

夔

畢　方

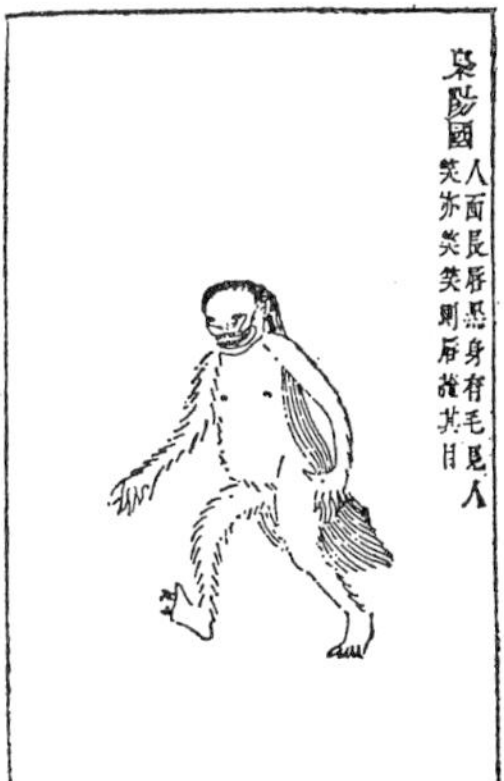

梟　陽　国

図表 5-1　『山海経図』より

其の声　雷の如し。其の名を夔と曰う。黄帝之を得て、其の皮を以て鼓と為し、橛《う》つに雷獣の骨を以てするに、声　五百里に聞こえ、以て天下に威す。

夔は殷人が祭っていた上帝で、周人の黄帝にあたるものとされ、卜辞《ぼくじ》の中にもこれと釈される文字がみいだせる。夔は字形から一足で猴身鳥頭かと推定されるが、猴頭とする説も存する。しかし殷人はその始祖伝説から鳥（玄鳥すなわち燕）をトーテムとすると推測されるから、鳥頭とする方がふさわしかろう。『荘子』の内篇「逍遥遊」には北冥の鯤が化して鵬となり、扶揺《ふよう》に搏《はば》いて南冥に飛ぶ話がある。鵬は鳳であるが、卜辞中では今日の風にあたる文字が鳳のように書かれている。古代人にとり風は季節の変遷を知る目安であった。「大荒東経」の夔はかなり後の夔の姿だが、それでも出入に際し風雨をともなうとある。夔は本来風を司る神であり、それゆえ殷人の最高神格とされたのであろう。しかし殷人の地位の低下につれ、夔は一方で山魈へ、他方で舜《しゅん》の楽正《がくせい》に変わっていった。

『荘子』外篇の「達生」で、桓公の鬼は有るかとの問いに斉の皇子は、水の罔象《もうしょう》、邱《おか》の峷《しゅつ》、野の彷徨《ほうこう》、沢の委蛇《いい》と並べ山の夔をあげた。だがそこに夔が独足との記述はない。ところが同じ外篇の「秋水」には、夔が蚿《やすで》を羨み、「吾一足を以て跉踔《ちんたく》して行くも、予《わ》れ如《た》うる無し。今子《し》の万足を使うは、独《ひと》り奈何《いかん》」といったとある。蚿と夔なら足問答をするにはふさわしかろう。これに対し、儒家の経典である『書経《しよきよう》』の「舜典」には舜が、「夔よ、汝に命じ楽を典《つかさど》らしむ。冑子《ちゆうし》を教えよ」と言ったとある。この夔には独足のなごりはないが、『呂氏《りよし》春秋』の「察伝」には魯の哀公が孔子に、「楽正夔は一足と、信《まこと》か」と聞いたところ、孔子が、「昔者《むかし》舜楽を以て天下に教えを伝えんと欲す。乃《すなわ》ち重黎《ちようれい》を令《し》て夔を草莽《そうもう》の中に挙げ、之を進めしむ。舜以て楽正と為す。夔是《ここ》に於いて六律を正し五声を和し、以て八風に通じて天下大いに服す……舜曰く、「……夔能《よ》く之を和し以て天下を平《たい》らぐ。夔の若《ごと》き者《は》一にして足《た》る」と。故に曰う、「夔一足」と。一足に非ざるなり」と答えたとの話が残されている。一人で十分、一本足ではないというのである。これこそ夔が一足であることを物語る何よりの証拠であろう。

𤟤、梟陽、贛巨人

六朝の志怪で独足鬼に言及するものは少なくない。しかし時の流れとともに、本来夔のものでない要素もこれに聚合していったようである。葛洪《かっこう》（二八四―三六三）の『抱朴子《ほうぼくし》』「登渉《としょう》」には「山中山精の形小児の如《ごと》くして独足、走るに後ろを向くは、喜び来り人を犯す。人山に入《い》り、若《も》し夜人の音声大語を聞かば、其の名蚑《き》を曰《い》え。知りて之を呼べば、即ち敢えて人を犯《おか》さざるなり。一名熱内（肉）、亦兼ねて之を呼ぶべし。又山精の鼓の如《ごと》くして赤色、亦一足なる有り。其の名を暉《き》と曰う……」とある。前者はひとまずおくとして、後者が「大荒東経」の夔と同じものであることに疑問の余地はあるまい。ではなぜ夔を暉といったのだろうか。『山海経』の「北山経」は獄法の山に棲む獣を、「其の状犬の如《ごと》くして人面、善《よ》く投ぐ。人を見れば則ち笑う。其の名は山𤟤《さんき》。其の行くこと風の如し、見《あら》わるれば、天下大いに風ふく」といい、𤟤の文字に「音暉」と注する。『抱朴子』の暉は𤟤、すなわち山𤟤に由来するものと考えてよかろう。夔と山𤟤とは葛洪の頃にはすでに聚合しつつあったのである。

山𤟤はその姿を「海内南経」と「海内経」にもとどめている。「海内南経」の梟陽《きょうよう》国はその住人を「人面長脣、黒身にして毛有り、反踵。人の笑うを見て、亦笑う。左手に管を操る」といい、「海内経」は、「南方に贛《かん》巨人有り。人面長臂（脣）、黒身にして毛有り、反踵。人の笑うを見て亦笑わば、脣其の面を蔽う。因って即ち逃るるなり」といっている。これは『山海経』が三期にわたって成立したことを示唆しよう。独足の特徴がない山𤟤はおそらく実在の黒猩々《オランウータン》あたりに強く結びつこう。王逸《おういつ》は厳《げん》忌《き》の「哀時命《あいじめい》」に「梟陽は山神の名。即ち狒狒《ひひ》なり」と注し、郭璞《かくはく》（二七六―三二四）は「山海経図讃《ずさん》」の梟陽に対し、「髴髴《ひひ》は怪獣。被髪にして竹を操る。人を獲れば則ち笑い、脣其の目を蔽う。終《つい》に亦号咷《ごうとう》し、反《かえ》って我の為《ため》に戮《ころ》さる」と注する。反踵は「斑子」の山魈の特徴であり、『抱朴子』の岐の特徴でもあったが、山海経図にもとづく後世の付加要素だったと考えられる。

山都と猿

祖沖之の『述異記』「富陽人」には蟹の好きな、一手一足でみずから山神と名乗る山魈が登場し、郭璞撰とされる『玄中記』には、「山精は人の如《ごと》くなるも一足。長《たけ》三、四尺にして山蟹を食らう」と記される。蟹を好む一足の山精の記述は『神異経』（山《さん》㺐《しょう》とする）や『永嘉郡記』にも見える。『幽明録』は東昌県山中の「形 人の如《ごと》くして長《たけ》四、五尺。裸身被髪、髪の長さ五、六寸、常に高山巌石の間に在り住む。喑唖《いんあ》声を作《な》すも語を成さず。能《よ》く嘯《うそぶ》き相呼ぶ」「物」を記す。これに対し、郭璞は『山海経』

の梟陽の注で、『周書』、『爾雅《じが》』、『尚書大伝《しょうしょたいでん》』などを引用した後、「今交州・南康郡の深山中、皆此の物有るなり。長丈《たけ》許《ばかり》、脚跟反向《きゃくこんはんこう》なるも健走、被髪好く笑う。雌者《は》能く汁を作り、灑《そそ》ぎて人に中《あた》らば即ち病《や》む。土俗呼びて山都《さんと》と為《な》す」と述べる。この南康郡の山都を『述異記』は「木客、山𤢖の類」といい、廬江大山の間の山都に対し、『捜神記』は「魑魅鬼物に似たり」といっている。しかし『述異記』の山都は二尺余の大きさやその営巣状況からみて『捜神記』の蟹好きの治（冶）鳥と同じもので、四、五丈もあるとされる『捜神記』の山都とは別種と推定される。どうやら山都には小型で蟹を洗ったり焼いたりして喰う猿（蟹喰い猿？）と大型の類人猿とがおり、前者は樹上生活を主としたことから鳥とみなされたり空想上の独足の山鬼、夔と同化されたりするに至ったが、後者は地上生活が主だったため、反踵を附会されるにとどまったと考えられる。

畢方、木客、その他

六朝期の独足鬼を論ずる際、夔の猴身の面を承け継いだ山魈とともに、その鳥頭の面を承け継いだ独足の畢方《ひっぽう》鳥の存在も無視し得ない。畢方は『山海経』の「西山経」

と「海外南経」にも見える。このほか『述異記』の黄父（文）鬼も畢方と山都の混血児として見落とせない。同じ『述異記』が山都の正体とした木客《ぼつかく》は、鄧徳明《とうとくめい》の『南康記』、顧野王《こやおう》の『輿地志《よちし》』などから、沈黙交易を里人と営む山岳民族と考えられる。ところが、木客が一字になった格は任昉《じんぼう》の『述異記』で猩猩《しょうじょう》の類とされているのである。唐代の山魈はこうした錯綜した六朝期の独足鬼に虎や太白神の要素が聚合したものであった。では宋代にあって山魈はどのような変化をとげたのであろうか。つぎにこの点を見てみよう。

淫神五通

『緑窗新話』の「李少婦私通封師」には、「金陵《きんりょう》の土俗、多く一足の山魈を慴《おそ》れ、之を五通聖《ごつうせい》と謂《い》う」とある。この話は李亜保の後妻が尼の手引きで封師なる和尚と密通するというものであるが、その際のだしに使われたのが一足の山魈、五通聖であった。金陵は現在の南京《ナンキン》のことであるが、『夷堅志』によれば、南京のみならず、江南の各地には独足の五通神が祠られていたことが知られる。『夷堅志』に語られる五通神の形状は一様ではない。独足の山魈の特徴が失われ、人間化して五郎とよばれる例があるのみならず、美丈夫の五人組とされる例も少なくない。こうした変化の根源には、人の里から山への進出があろう。人に安住の地の平和をかき乱された山魈は、これまで相互に犯し合わない関係、ないしは共存共栄の関係を捨て、積極的かつ攻撃的に人とかかわりを求めるようになった。五通にとりつかれた女性が夜な夜なその来訪をうけ、夢で寝をともにし、あるいはその巫女となるといった話も、この延長線上に位置づけられよう。先の『緑窗新話』で、李亜保が封師にお祓いさせることに簡単に同意したのも、当時の人々の間に五通聖即淫神との共通認識があったからに相違ない。独足の山魈はこうして淫神五通（五聖ともよばれる）に変身し、その後蒲松齢（一六四〇―一七一五）の『聊斎志異』の「五通」で「南に五通有るは、猶《なお》北の狐有るがごときなり。然れども北方の狐祟《こすい》は、尚之《これ》を駆遣《くけん》すべくも、江浙《こうせつ》の五通に至っては、民家美婦有らば、輒《すなわ》ち淫占せられ、父母兄弟皆敢えて息《ほろ》ぼす莫《な》く、害を為《な》すこと尤《もっと》も烈《はげ》し」といわれるほどの猛威を江南に振るうに至るのである。

財神五通

五通は淫神であるが、単なる淫神ではなく、財神の性格も合わせもっていた。他家の財物を搬運《はんうん》してくれる五通は淫神として嫌われつつも、うまくこれを利用し発財《ファーツァイ》しようとする人々に待ち望まれてもいたのである。こうした人間の側の心のすきが、江南に五通をはびこらせた最大の原因だったかも知れない。しかしそのあまりの淫蕩さに嫌気のさした人々は、やがて五通から財神の要素のみを抽出して五顕財神としてこれを祠り、五通を動物化するに至った（先の『聊斎志異』では馬や豚とされている）。聖肉の分離とでもいえようか。かつて中国において、財神として最も有力だったのは三国蜀の英雄関羽、関公であるが、五顕財神（五路ともよばれる）や、これも五通と関係する泥棒の神、五道将軍の威勢もなかなかに捨てがたいものがあった。夔の、上帝から独足の山魈をへて淫神、さらには財神への変貌は、時の流れにともなう神話の没落とともに、それをはぐくんだ漢民族のしたたかさを物語っているように思われるのである。

第六章　類書から通俗類書へ——伝奇小説の変遷　その一

『酔翁談録』の「小説開闢」は、霊怪目の演目に続け、十六の煙粉目、十八の伝奇目の演目を掲げる。煙粉目は女鬼《じよき》（鬼は幽霊のこと。ただし日本のそれとは多少異なる）をヒロインとする話、伝奇目は男女の愛情話とする説がある。本章はこの説の検討を手始めに、伝奇につき再考することを目的とする。ただその前に話本について一言しておく必要があろう。

種本と話本

「小説」人の束の間に一朝一代の出来事を提破、捏合する腕前が恐れられたことは第四章に記したが、「小説」人とて無から「小説」を語れたわけではない。『緑窗新話』のような、「小説」人がもとづいて語ったと推定される種本集の存在が、そのことを何より雄弁に物語っている。「小説」は講唱文芸の一種であったから、語られるはしから消え、その詳細は本来知り得ぬ運命にあった。しかし「小説」人の語り口をとどめる「小説」（実はそれに限らないが）の筆録本（ただし文字通りの筆録ではないし、むしろそうでない可能性の方が高い）が残されていることと、先の種本集の存在とによって、その内容はかなりの程度明らかにされているのである。この筆録本のことを一般に話本とよんでいる。

煙粉、伝奇と女鬼

そこで話をもとに戻し、『酔翁談録』の煙粉、伝奇両目に属する演目から、両者の具体的内容を検討してみることにしよう。まず「小説開闢」の原文を引こう。

　言推車記、灰骨匣、呼猿洞、鬧宝録、燕子楼、賀小師、楊舜兪、青脚狼、錯還魂、側金盞、刁六十、闘車兵、銭塘佳夢、錦荘春遊、柳参軍、牛渚亭、此乃為煙粉之綜亀。論鶯鶯伝、愛愛詞、張康題壁、銭榆罵海、鴛鴦灯、夜遊湖、紫香嚢、徐都尉、恵娘魄偶、王魁負心、桃葉渡、牡丹記、花萼楼、章台柳、卓文君、李亜仙、崔護覓水、唐輔採蓮、此乃為之伝奇。

十六の煙粉演目中、定説（ないし通説）が存するものはほぼその半数であるが、そのほとんどに種本ないし話本が残されている。灰骨匣《かいこっこう》、錯還魂《さくかんこん》はそれぞれ『夷堅志』丁志巻九の「太原意娘」（『鬼董』巻一にも同話が収められる）、支庚志巻一の「鄂《がく》州南市女」にもとづくが、前者には明の嘉靖《かせい》（一五二二―六六）頃の晁瑮《ちょうりつ》及びその子東呉の蔵書目、『宝文堂書目』に燕山逢故人鄭意娘伝、燕山逢故人なる二話本が著録されている（『古今《ここん》小説』巻二十四の「楊思温燕山逢故人」はこの話本にもとづき書きかえられたものであろう。第十章参照。同様後者にも、『醒世恒言《せいせいこうげん》』巻十四の、「鬧樊楼多情周勝仙」がある。『古今小説』は別名『喩世明言《ゆせいめいげん》』といい、『警世通言《けいせいつうげん》』、『醒世恒言』とともに三言と称される小説集である。これについては第十一章を参照のこと）。燕子楼《えんしろう》、錦荘春遊《きんそうしゅんゆう》、柳参軍《りゅうさんぐん》は『緑窗新話』に「張建封家姫吟詩」、「金彦遊春遇会娘」、「崔娘至死為柳妻」が収められている。「張建封家姫吟詩」には女鬼が出現しないが、実際の「小説」は『警世通言』巻十の「銭舎人題詩燕子楼」のように、銭希《せんき》白《はく》の夢に恨みを呑んで死んだ盼盼《はんはん》が現れる一段をともなっていたとも考えられる。このほか銭塘佳夢《せんとうかむ》は『雲齋広録』巻七の「銭塘異夢」に、楊舜兪《ようしゅんゆ》は『青瑣高議《せいさこうぎ》』別集巻三の「越娘記（夢託楊舜兪改葬）」にもとづこう（前者には話本も残っている）。以上の七話には確かに女鬼が登場するといってよさそうである。しかし煙粉演目のすべてに女鬼が登場するわけでもなさそうだし、伝奇目に属する王魁負心《おうかいふしん》に女鬼が登場するといった例もないわけではない。題材からみても、この二類はひとまとめにして検討したほうがよさそうに思える。だがその前に、伝奇という言葉によって定義される文学ジャンルについて、いま少し見ておく必要があろう。

文言の伝奇と白話の伝奇

伝奇は文学用語として三つの異なるジャンルをさす。唐代に発生したいわゆる伝奇（以後混乱を避ける意味から伝奇小説と称する）、明清の頃に全盛を迎える長篇の戯曲、ならびに宋代「小説」の伝奇目がそれである。戯曲についてはひとまずおくが、伝奇小説（ないし伝奇的小説）は唐代のみならず宋代以降にも創作されたし、宋代の「小説」は唐宋の伝奇小説にもとづいて語られる場合が少なくなかったから、残る両者の関係は単純ではない。ちなみに「小説」の伝奇目に分類される演目のうち、鶯鶯《おうおう》伝、恵娘魄偶《けいじょうはくぐう》、李亜仙、崔護《さいご》覓水《べきすい》、徐都尉は唐代の伝奇小説にもとづく。鶯鶯伝は元稹《げんじん》の「鶯鶯伝」に、恵娘魄偶は陳玄祐《ちんげんゆう》の「離魂記」に、李亜仙は白行簡《はくこうかん》の「李娃伝」に、崔護覓水と徐都尉は孟棨《もうけい》の『本事詩』による。このほか章台柳《しょうだいりゅう》が許堯佐《きょぎょうさ》の「柳氏伝」である可能性も高い。宋代の伝奇小説にもとづくものとしては張康（兪）題壁、鴛鴦《えんおう》灯、王魁負心、牡丹《ぼたん》記などがあり、うち張康（兪）題壁と牡丹記は『青瑣高議』前集巻六の「驪山《りざん》記（張兪遊驪山作記）」と「温泉記（西蜀張兪遇太真）」、ならびに別集巻四「張浩花下与李氏結婚」によっている。同様な事例は煙粉目や霊怪目にも指摘し得る。では宋代の伝奇小説は当時どのような形で流布していたのであろうか。以下では『青瑣高議』と『雲齋広録』とについて考えてみることにしたい。

宋代の小説集

唐宋の伝奇小説は明末に『五朝小説』などとして集成された。しかし校訂考証を加えた真に学術的なアンソロジーは魯迅の『唐宋伝奇集』を以て嚆矢《こうし》としよう。ただ全八巻からなる『唐宋伝奇集』の巻六以降に収められる宋代の伝奇小説は十三篇に過ぎない。もちろん宋代の伝奇小説はこれにとどまらない。魯迅自身も『中国小説史略』

ではさらに五篇（「驪山記」と「温泉記」のみ現存）を挙げているし、魯迅が八篇をとった『青瑣高議』から、創作の意図をめやすに、さらに十九篇を伝奇小説と認定するものもいる。『青瑣高議』は北宋の劉斧《りゅうふ》（十一世紀末頃生存）の編になり、もと十八巻とされるが、現存のテキストは前集十巻、後集十巻、別集七巻の二十七巻からなっている。従って原『青瑣高議』の巻次などを知ることはむずかしい。だがそのおよその傾向は知り得る。前集には巻五に名公詩話、巻九に詩淵清格、詩讖《ししん》といった詩話、巻一にこれらに類する諸公の逸話が収められている。一方後集は巻一に医、卜、相、画、巻二に名公大臣、巻三、巻四に異物と冤報、巻八に科第栄耀、巻九に龍鹿魚蛇などに関する話を収め、巻五のみに伝奇小説を収めている。こうした事実は『青瑣高議』が単なる小説集として編纂されたものではないことを示唆していよう。同様のことは『青瑣高議』とほぼ同時期になった李献民《りけんみん》の『雲齋広録』についてもいえる。政和辛卯（一一一一）の自序を有する『雲齋広録』は八巻後集一巻（もと十巻という）からなるが、うち巻一の士林清話、巻二、巻三の詩話録は詩話にほかならない。これに対し、巻四以下は、巻四が霊怪新説二篇、巻五、巻六が麗情新説五篇、巻七が奇異新説四篇、巻八が神仙新説二篇からなり、後集は「盈盈《えいえい》伝」、「寄盈盈歌」の二篇から

図表6-1　太平広記成立以降の志怪・伝奇小説

朝代年号	西暦	事項
北宋　九六〇〜一一二七		
太平興国三	九七八	太平広記五百巻（李昉等編）成る 青瑣高議十八巻（劉斧）現存前後集各十巻別集八巻
政和一 三	一一一一 一一一三	雲齋広録十巻（李献民）現存八巻後集一巻 捜神秘覧三巻（韋炳文）
南宋　一一二七〜一二七九		
紹興六	一一三六	酔翁談録八巻（金盈之）
紹興二九〜	一一五九〜	類説五十巻（曽慥編） 夷堅甲志二十巻（洪邁一一二三〜一二〇二）成る 以後死の直前まで四乙志に至る三十二志四百二十巻を編集　現存十四志百八十巻補二十五巻再補一巻 緑窗新話二巻（皇都風月主人編） 孝宗（一一六三〜八九年在位）の諱をはばかる
淳熙九〜	一一八二〜	睽車志五巻（郭彖） 慶元二（一一九六）年以前に成立　現存五巻続志一巻
紹定二〜	一二二九〜	鬼董五巻（沈某）
淳祐一一〜	一二五一〜	続夷堅志四巻（元好問一一九〇〜一二五七）
元　一二七九〜一三六八		
天暦一〜	一三二八〜	酔翁談録十集各二巻（羅燁）
至元二〜	一三三六〜	異聞總録四巻（闕名） 湖海新聞夷堅続志前集二巻後集二巻補遺一巻（闕名）
明　一三六八〜一六四四		

洪武一一	一三七八	原剪灯新話（瞿佑一三四七〜一四三三）
		香台集三巻（瞿佑）
永楽一八	一四二〇	剪灯餘話五巻（李禎一三七六〜一四五二）
一九	一四二一	剪灯新話四巻附一巻重校再刊
宣徳七	一四三二	効顰集三巻（趙弼）
嘉靖二	一五二三	花影集四巻（陶輔）
万暦三〜	一五七五〜	鴛渚誌餘雪窓談異二巻（釣鴛湖客）
万暦二〇	一五九二	覓灯因話二巻（邵景詹）
崇禎二	一六二九	幽怪詩譚六巻（碧山臥樵）

なっている。この十五篇のうち、麗情新説の「西蜀異遇」、「四和香」、「双桃記」、奇異新説の「銭塘異夢」、「無鬼論」、神仙新説の「華陽仙姻《かようせんいん》」、「居士遇仙」などは伝奇小説といって不都合のない創作性を有している。『青瑣高議』と『雲齋広録』とでは編纂物と著述物という相違があり、後者には一人称の聞き手（すなわち書き手）が登場し、末尾には評も存するという相違もあるが、小説以外のジャンルの作品を収める点では奇妙に一致しているのである。

二つの『酔翁談録』

第四章以下で羅燁の『酔翁談録』にたびたび言及してきたが、実は『酔翁談録』と題される書物はもうひとつあった。金盈之《きんえいし》の『酔翁談録』八巻がそれである。金盈之は宋の南渡後、従政郎《じゅうせいろう》や衡《こう》州録事参軍となったというから、その『酔翁談録』の成立は南宋初の、『青瑣高議』や『雲齋広録』にやや遅れる頃となろう。従ってその成立は羅燁のそれにかなり先んじる。この『酔翁談録』はその巻三、巻四に汴京の繁華のさまを記した京城風俗記を収め、『東京夢華録』と好一対をなすことで知られるが、その巻一が名公佳製、巻二が栄貴要覧、巻五が瑣闥《さたつ》異聞、巻六が禅林叢録と題することが興味を引く（巻七、巻八は唐・孫棨《そんけい》の『北里志《ほくりし》』を改竄したもの）。この書も『青瑣高議』や『雲齋広録』と同様に構成されているからである。しかも元初の成立と考えられる羅燁の『酔翁談録』も以上の三書と同様な構成原理に従っているとみられるのである。

羅燁の『酔翁談録』は甲集から癸集までの十集、各集二巻からなり、それが舌耕敍引《ぜっこうじょいん》、私情公案、煙粉歓合、婦人題詠、宝牕《ほうそう》妙語、花衢《かく》実録、花衢記録、嘲戯綺語《ちょうぎきご》、煙花品藻、煙花詩集、煙粉歓合（再出）、遇仙奇会、閨房賢淑、花判公案、神仙嘉会類、負約類、負心類、𠑊縁《いんねん》奇遇類、題詩得耦《ぐう》類、重円故事、不負心類、重円故事（再出）、離妻復合などと細分されている。詩ないし詩話が収められる点、教坊や娼妓を含め、男女の情愛を主題とする話が多くを占める点は『青瑣高議』と一致する。だが私情、花判の二公案を収める点はそれ以前の三者に見えない特徴と考えられる（第八章参照。なお、『永楽大典』巻二四〇五が『酔翁談録』煙花奇遇として収める「蘇少卿」は、その篇名から羅燁の『酔翁談録』の佚文と考えてよかろう）。

鴛鴦灯と紅綃密約張生負李氏娘

羅燁の『酔翁談録』は『緑窗新話』と共通する十二篇の種本のほか、伝奇目の鴛鴦灯、徐都尉、王魁負心にあたる「紅綃密約張生負李氏娘」、「楽昌公主破鏡重円」、「王魁負心桂英死報」を収める。いま「紅綃密約張生負李氏娘」のあらすじを紹介し、その「小説」との関係を見てみることにしよう。

張資は元宵《げんしょう》の夜乾明寺《けんめいじ》に遊び、仏殿の前で匂袋《においぶくろ》を包んだ赤い絹のハンカチを拾う。そこには詩二首のほか、来年の正月十五日に相藍後門《そうらんごもん》で一対の鴛鴦灯を目印にお会いしたい旨が記されていた。一年後果たして双鴛鴦灯を掲げる車を認め、車中の美女も目にした張資だったが、声をかける術《すべ》がない。車の女は通りかかった花売りを介し翌日の約を伝える。張資は翌日尼姿の女と乾明寺で密会した。女は節度使李公の偏室《めかけ》であった。二人は老尼の援けを得て侍女の彩雲をつれ蘇州に駆け落ちする。しかし三年後金が底をつき、張資は秀州知州の父に会いにゆく。しかし父に受け入れられず、秀州の花魁《おいらん》梁越英と暮らし、そのまま帰らない。蘇州から尋ねて来て張資と越英を捜し出した李氏は、包公に訴えて出て、李氏が正室、越英が偏室ということで収まる。

この話は万暦《ばんれき》年間（一五七三―一六一九）に熊龍峯《ゆうりゆうほう》により刊行された『熊龍峯四種小説』と仮称される話本シリーズのひとつ、「張生彩鸞灯伝」（『古今小説』巻二三は「張舜美灯宵得麗女」と改題する）の入話《にゆうわ》（枕）となっている。ただ蘇州に駆け落ちするまでで話が終わり、その後二人は「両情好合し、百年諧《かい》（偕）老《ろう》」したことになっている。本来の鴛鴦灯は『酔翁談録』のごとく張資が李氏を裏切り裁判沙汰になる経緯を語ったものであったと考えられる（ひょっとしたらそこが中心だったかも知れない）。それが「張生彩鸞灯伝」のごとく腰斬《ようざん》されるに至ったのは、古い話本が読者を失い、新たな話本（あるいは小説）の枕としてしか自己を保ち得なくなったためであろう。こうした例は少なくなく、伝奇目においても『警世通言』巻六や『醒世恒言』巻三の入話となっている卓文君、李亜仙をあげることができる。

類書と通俗類書

講唱文芸の内容が時代とともに変わってゆくのはその宿命であり、通常のことといえる。ただ『酔翁談録』がハンカチを拾った乾明寺に自注し、「太平広記に拠《よ》れば慈孝寺と云《い》う」とし、本文末にも「太平広記云々」とある点は注目される。この話は『太平広記』に収められてはいないからである。ところが「紅綃密約張生負李氏娘」の密会までに相当する部分を「約寵姫」と題して『蕙畝《けいほ》拾英《しゅえい》集』から引く『歳時広記』は、「近世鴛鴦灯伝有り。事意取るべし。第綴《ただてつ》緝《しゅう》繁冗《はんじょう》にして、閭閻《りょえん》《ちまたの》に出ず。之を読めば人をして絶倒せしむ。今一切を略去し、事の大概を掇《ひろ》いて之を載す」といっている。同書はこれが天聖二（一〇二四）年に実際におこった事件で、婦人が貴人李公の偏室だったため実名を伏せたが、そこには確かに慈孝寺とあったともいっている。後半を欠く以上、「紅綃密約張生負李氏娘」のいう「太平広記」を『歳時広記』の誤りとするわけにはゆかないし、多少欠巻があるにせよ勅撰の類書『太平広記』とみることも出来まい。嘉靖の頃に洪楩《こうべん》の清平山堂《せいへいさんどう》が刊行した話本集、いわゆる『清平山堂話本』に収められる「五戒禅師私紅蓮記」末の「翰府《かんぷ》名談為《た》りと雖も、太平広記に編入す」の一句とあわせ考えれば、この当時『青瑣高議』や金、羅両『酔翁談録』のような形態で、『太平広記』をなのる、勅撰の類書『太平広記』とは別の書物が存在していたとも考えられなくはない。事実北宋末には三十巻本の『太平広記』が存在していたことが知られているのである。

明の嘉靖から万暦、天啓にかけては、中国小説史上の一大転機であった。短篇小説における嘉靖から万暦前期にかけての話本の輯佚、刊行と、後期のその改訂ならびに新作の集中ぶりは、その前後に類をみないものといってよい（詳しくは第十一章を参照のこと）。これと時を同じくして盛んになったのが伝奇小説や詩話を上下二段に収める、いわゆる通俗類書の刊行であった。しかし通俗類書は明のこの時期に突如出現したわけではなく、宋代にすでにその姿をみせていたのではあるまいか。『青瑣高議』や『酔翁談録』こそは当時の通俗類書だったのである。

明代後期の通俗類書

ここで視点をかえ、明末の通俗類書について見てみることにしよう。万暦期に刊行された通俗類書のうち、最も古いものは万暦十五年に刊行された呉《ご》敬所《けいしょ》の『国色天《こくしょくてん》香《こう》』十巻で、『緑窗新話』の後身を「新話摭粋《しんわせきすい》」と題して収める起《き》北齋《ほくさい》の『繡谷春《しゅうこくしゅん》容《よう》』十二巻がこれにつぐ。以後万暦二十六年に余象斗《よしょうと》の『万錦情林《ばんきんじょうりん》』六巻が、さらにこれに遅れて三種の『燕居筆記《えんきょひっき》』が刊行されるわけだが、最後の、おそらく清代に刊行されたであろう馮夢龍《ふぼうりよう》編を称する『増補批点図像燕居筆記』十三巻を除き、いずれも上下二段構成をとり、そのいずれか一方に「嬌紅記《きょうこうき》」などの長篇伝奇小説や伝奇目の夜遊湖にあたる「裴《はい》秀娘夜遊西湖記」、李亜仙にあたる「鄭元和嫖遇《ひょうぐう》李亜仙記」といった話本を、他方に志怪、伝奇小説やそれにもとづく種本集、さらには多様な文章模範を収載することを特徴としている。こうした通俗類書が当時の読者の好みに適合したことは間違いないとしても、なぜこの時期にかくも集中的にそれが刊行されたかについては考えてみる必要があろう。そしてその際注意しなければならないのが同時期に『青泥蓮花記《せいでいれんかき》』十三巻、『情史』二十四巻といった志怪、伝奇小説の選本（長篇伝奇小説を含む）、『風流十伝』八巻、『花陣綺言《かじんきげん》』十二巻といった長篇伝奇小説のみの選本、さらには『熊龍峯四種小説』のごとき話本のシリーズが続々と刊行されていたという事実である。「小説」人の種本集である『緑窓新話』にも、『酔翁談録』のごとき、遇仙類、神遇類、奇遇類といった分類が本来なされていたことが知られている。このことは、「小説」がその成り立ちより通俗類書と不可分な関係にあったことを示唆している（なお『緑窓新話』の後身と考えられる書物に、瞿佑《くゆう》（一三四七―一四三三）の『香台《こうだい》集』三巻があることも指摘しておきたい）。

伝奇小説の長篇化

明末の通俗類書の多くが長篇伝奇小説を収めていることは前記の通りである。高儒《こうじゅ》の『百川書志《ひゃくせんしょし》』（嘉靖十九年序）は、その巻六に元から明の中期にかけて成立した『嬌紅記』二巻、『鍾情麗集《しょうじょうれいしゅう》』四巻など六種の長篇伝奇小説を著録し、「皆鶯鶯伝に本《もと》づき作る。語は煙花を帯び、気は脂粉を含む。穴を鑿《うが》ち牆《しょう》を穿《うが》つの期、礼を越え身を傷《やぶ》る事は、荘人の取る所為《た》らず。但一体を備え、睡を解くの具と為《な》すのみ」と貶《おとし》めている。元代に伝奇が長篇化した理由については、短篇形式の不自由さゆえとの説もある。しかし長篇化により成果があがった様子もないから、むしろ短篇がふさわしい文言の伝奇小説を短篇にまとめあげ得なかった文学的才能の欠如を指摘すべきであろう。長篇伝奇小説の出現以後も、瞿佑は『剪灯《せんとう》新話』で、李禎《りてい》（一三七六—一四五二）は『剪灯餘話』で、唐代の伝奇小説とは一味違った世界を作り上げていたのである（第十章を参照のこと）。ただ個々には見るべき作品が少ないにしても、長篇伝奇小説がやがて明末の文言の黄色小説に移行し、それが清初の才子《さいし》佳人《かじん》小説を育んだ事実は、文学史的に見て忘れることはできまい（第十四章を参照のこと）。

第七章　短篇小説だった水滸伝——長篇小説の育たぬわけ

羅燁の『酔翁談録』の公案、朴刀、桿棒の演目には、後に『水滸伝《すいこでん》』を構成する話がいくつか見られる。そこでこの章では宋代の「小説」と『水滸伝』との関係について論じたい。まず例によって公案、朴刀、桿棒の演目を挙げる部分の原文を引いておこう。

言石頭孫立、姜女尋夫、憂小十、驢垜児、大焼灯、商氏児、三現身、火杴籠、八角井、薬巴子、独行虎、鉄秤槌、河沙院、戴嗣宗、大朝国寺、聖手二郎、此乃謂之公案。論這大虎頭、李従吉、楊令公、十条龍、青面獣、季鉄鈴、陶鉄僧、頼五郎、聖人虎、王沙罵海、燕四馬八、此乃為朴刀局段。言這花和尚、武行者、飛龍記、梅大郎、闘刀楼、攔路虎、高抜釘、徐京落章（草）、五郎為僧、王温上辺、狄昭認父、此為捍（桿）棒之序頭。

水滸伝成立史

『水滸伝』は山東省の梁山泊という湖水を根城とする宋江《そうこう》を頭とする百八人の好漢《こうかん》（男伊達）の物語で、中国はもとより、日本でも早くから愛好され、『三国志演義』、『西遊記《さいゆうき》』、『金瓶梅《きんぺいばい》』とともに四大奇書とよばれて親しまれてきた。その成立は元末明初ともいわれ、編者に施耐庵《したいあん》が、その協力者ないし後継者に『三国志演義』の編者とされる羅貫中《らかんちゅう》が擬せられている。しかし施耐庵の役割はあくまでも編者のそれであったと推定されるうえ、『水滸伝』そのものが施、羅以後も成長を続けたのであるから、その果たした役割を過大評価してはなるまい。本章は『水滸伝』の成立に果たした「小説」の役割を論ぜんとしており、この意味からいえば、明初以降の版本（テキスト）の相違に論及する必要はない。しかし施耐庵の原『水滸伝』が現存しない以上、『水滸伝』のあらすじを紹介するに先立ち、その版本の系統と相違とに触れておく必要があろう。

『水滸伝』の版本は金聖歎《きんせいたん》七十回本、百回事簡本、百二十回事繁本の三種に大別される。七十回本は清初の金聖歎（？—一六六一）が意図的に書きかえ、かつ七十一回で「腰斬《ようざん》」したもので（第一回を楔子《せつし》とした）、水滸説話（梁山泊につどう好漢の物語、以下同様）を論ずるには不適切である。事繁本は事簡本にくらべれば成立は遅れる。ただ水滸説話の成長のほどをうかがうには最適であろう。それゆえここでは事繁本によって『水滸伝』のあらすじを紹介することにしたい。なお事繁、事簡の分け方のほか、詩詞文章の粗密による文繁、文簡の分け方もある。

梁山泊と百八人の好漢

物語は七つの部分よりなる。第一回は物語の発端であり、大尉の洪信が龍虎山の伏魔殿を開き、封じ込められていた天罡星《てんこうせい》三十六、地煞星《ちさつせい》七十二、あわせて百八の魔王を逃してしまうことが述べられる。続く第二～七十一回は水滸説話の最も古く、かつ最も人々に愛好された部分であり、林冲《りんちゆう》、魯智深《ろちしん》、武松《ぶしよう》、楊志《ようし》などが梁山泊につどうまでの銘々伝、晁蓋《ちようがい》らによる生辰綱《せいしんこう》（誕生日の贈物）の詐取とこれに引き続く宋江の閻婆惜《えんばしやく》殺しなどが述べられ、百八人の好漢が梁山泊に勢揃いすることをもって終わる。第七十二～八十二回では宋江が東京《とうけい》で徽宗《きそう》寵愛の名妓李師師に会い、その手引きで招安を受けるにいたる経緯が語られ、帰順した宋江らによる遼征伐が第八十三〜九十回に、田虎、王慶討伐が第九十一〜百十回に述べられる（事簡本はこの部分を欠く）。この間宋江らは一人も戦死することがなかったが（このことはこれらの部分が原『水滸伝』成立後の挿入にかかるものであることを示している）、第百十一〜百十九回の方臘《ほうろう》討伐に至り、諸将は次々に倒れ、生き残った者も出家、出奔し、東京に帰還した者わずか二十七名という惨状を呈する。最後の第百二十回はこの二十七名の好漢の末路を語るものである。

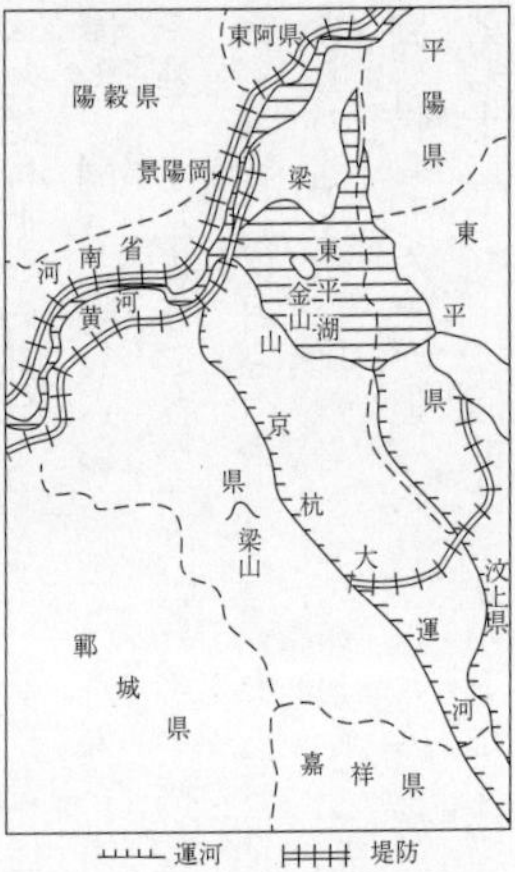

図表7-1　梁山泊現況図（『地理知識』1976年1期より）

梁山泊は現在大幅に縮小し、その名残をとどめる水深一〜二メートルの東平湖を除き耕地化しているが、北宋当時は黄河の遊水地の役割をも果たす、かなりの面積の湖水だったらしい。『宋史』などの史書には、徽宗の宣和《せんな》三（一一二一）年に淮南《わいなん》の賊宋江が乱を起こし、一時大いに威勢を振るったが、やがて敗戦投降したとの記載が見える。だが宋江の乱そのものは、宋江が討伐に参加したとされる方臘の乱とは比較にならない小規模なものであった。それゆえ史書もその一党を三十六人と記すにとどまる。ところが南宋の「説話的《こうしゃくし》」はさっそくこの話をネタに取り入れたらしい。「小説」についてはひとまずおき、講史の種本かと推定されている『宣和《せんな》遺事《いじ》』の水滸説話を見てみよう。

宣和遺事

『宣和遺事』は北宋の歴史を、国政が糜爛《びらん》し奸臣《かんしん》のはびこる徽宗の宣和年間（一一一九—一一二五）と、これに引き続く徽、欽二帝の北狩《ほくしゅ》とに重点をおいて述べ、高宗の南渡をもって全篇をしめくくる、白話や詩をまじえた作品で、そのほとんどは正史にない記載（遺事）からなっている。正しくは『大宋宣和遺事』、元初成立とも、南宋成立、元修訂ともいう。『宣和遺事』所収の水滸説話は『宣和遺事』全体のほんの一部だが、以下の四つの部分からなっている。①朱勔《しゅめん》の花石綱《かせきこう》（珍しい木石）を運ぶ楊志、李進義、林冲、孫立ら十二人の物語、②晁蓋、呉加亮《ごかりょう》ら八人の者による生辰綱の詐取、これを逃した宋江の義気、ならびに以上の二十人が梁山泊に逃れ、盗賊となる経緯、③

宋江の閻婆惜殺しと九天玄女廟での天書の獲得、宋江の梁山濼（濼も泊と同様「はく」と読み、浅い湖をいう）ゆきと宋江を頭とする天罡院三十六人の勢揃い、④宋江らの招安と、張叔夜《ちようしゆくや》のもとでの方臘討伐がそれである。『宣和遺事』に見える天罡院三十六人の姓名、渾名《あだな》を『水滸伝』のそれと比較すると、おおよそ一致する。『宣和遺事』の水滸説話には多少の不統一と話の飛躍がないではないが、宋末元初に、梁山泊と結びつき、三十六人の天罡院を挙げる水滸説話（水滸とは水のほとりをいう）が成立していたことは注目にあたいする。今、①の一部を試みに書き下し文とし、以下に掲げておくことにする。

是《こ》れより先《さき》朱勔花石綱を運ぶ時分《とき》、楊志、李進義、林冲、王雄、花栄、柴進《さいしん》、張青、徐寧、李応、穆横《ぼくおう》、関勝、孫立の十二人を差着《つかわ》して指使《しし》と為《な》し、太湖等の処《ところ》に前往させ、人夫を押《とりしま》り花石を搬運せしむ。那《か》の十二人文字《ぶんしよ》を領了《うけと》り、義を結び兄弟と為り、災厄《さいやく》有らば各おの相救援せんことを誓う。李進義等十名、花石を運び已に京城《けいじよう》に到《いた》る。只《ただ》楊志の穎《えい》州に在り孫立の来らざるを等候《ま》ち、彼《か》の処に在りて雪に阻《はば》まるる有り。那《か》の雪の景や如何《いか》ん。却《かえ》って是れ僧舎に乱れ飄《と》びて茶烟湿り、歌楼に密《ひそ》かに洒《そそ》ぎて酒力微なり。

白話に詩をまじえる『宣和遺事』の文体の一斑が、この短い一節からよくわかろう。

水滸の盗賊たち

宋江が毒酒をあおいで死んだ後、その残党は一時梁山泊に立て籠もったとされる(『水滸後伝』)。湖水の中の島をなす梁山（一九八メートル）は攻めるに難く守るに易い要害であり、宋江ばかりでなく、歴代盗賊の根城となっている。元祐《げんゆう》二（一〇八七）年と崇寧《すうねい》三（一一〇四）年にそれぞれ鄆《うん》州知州となった蒲《ほ》宗孟《そうもう》、許幾《きょき》の両人は、宋江の乱以前に梁山泊の盗賊を取り締まり、宣和六（一一二四）年に知東平府となった蔡居厚《さいきょこう》は降伏してきた梁山泊の劫賊《きょうぞく》五百人を皆殺しにしたという。ところが欽宗の靖康《せいこう》二（一一二七）年に北宋が滅んで以降、梁山泊は対金ゲリラ戦の拠点に生まれかわった。張栄のごとく、水軍を率い、比較的長期間金軍と戦ったものもいる。宋江は二人いて、一人は梁山泊の盗賊宋江、一人は方臘討伐に従った大将の宋江で、それがおそらく「説話的」によって水滸説話の宋江とされ、やがて遼遠征までするようになったらしいのだが、そうした創作を待望する雰囲気に南宋、元の時代はあったようである。第四章で述べた「説話四家」のうち、『都城紀勝』のみに見える説鉄騎児は当代のいくさを語ったものとの説があるが、『宣和遺事』こそは説鉄騎児の種本だったかも知れない（補記：『三朝北盟会編』巻百四十九の「邵青《しょうせい》受招安」に「是れより先き杜充《とじゅう》建康を守りし時、秉義郎趙祥《へいぎろうちょうしょう》なる者有り、水門を監す。金人江を渡るや、邵青衆を聚め、而して祥 青の得る所と為る。青 招安を受くるや、祥 始めて身を脱して帰るを得て、乃ち内侍の綱に依る。綱 小説を善くし、上《しょう》之を聴くを喜ぶ。綱 新事を得て小説を編まんと思い、乃ち祥を令《し》て、青の衆を聚めて已后《いご》の踪迹《そうせき》、幷《なら》びに其の徒党の忠詐及び強弱の将を具説せしむ。本末甚だ詳しく、編綴序を次《つい》ず。上 故に青の用う可きを知り、而して単徳忠《せんとくちゅう》の忠義を喜ぶ」の記述がある）。

好漢の銘々伝

『水滸伝』には天罡星三十六、地煞星七十二の好漢が登場することは前記の通りである、しかし百八人もの人物を個性的に描き分けることはほとんど不可能に近い。それゆえ天罡星中にも性格が不明確であったり、ほとんど活躍の場を与えられていなかったりする好漢も少なくない。『水滸伝』の第一〜七十一回は独立した好漢の銘々伝と、これも独立したいくつかの事件とからなっている。巧みに継ぎあわされ、回の切れ目即物語の切れ目とはなっていないが、これがもともと独立したいくつかの説話群を統合したものであることは明らかである。第二〜六回が史進・魯智深の合伝、続く第七〜十一回が林冲の伝、第十二〜十三回にかけて登場した楊志からの晁蓋らによる生辰綱詐取が第十四〜十六回に語られ、第十七回の楊志の後日談をはさみ、晁蓋らによる梁山泊乗っ取りと宋江の閻婆惜殺しが第十八〜二十二回に語られ、第二十三〜三十二回に武松の伝、第三十二〜三十五回に宋江が青州で起こした事件の顚末、第三十六〜四十一回に江州に流され反詩を書いて捕らえられた宋江が梁山泊総出で救助される経緯、第四十二回に宋江が九天玄女から天書を授けられる一段が語られるといった具合である。第四十三回以降はめまぐるしく主人公が

図表7-2　汴京城楊志売刀（内閣文庫蔵『英雄譜』より）

かわり、かつ梁山泊全体としての行動が目立つため、銘々伝としての性格はやや薄れるが、第七十一回に百八人の好漢が勢揃いし、その席次が決まるまで、つぎからつぎへと新たな好漢が登場し、梁山泊に集まってゆくという物語全体の基調にかわりはない。そもそも『水滸伝』の根幹部分は、個々の好漢ごとの落草譚《らくそうたん》（落草とは堅気の人が盗賊になることをいう）を綴りあわせる形で成立したらしいのである。

水滸伝と「小説」

水滸説話は「小説」にも戯曲にも見える。戯曲については本書で論じる余裕がない。ただ元代に栄えた四幕ものの雑劇、いわゆる元曲に水滸説話を扱ったものが三十篇ほどあり、その多くが『水滸伝』にみえない内容のものであることだけは指摘しておきたい。そこで「小説」だが、先に挙げた『酔翁談録』の公案、朴刀、桿棒の演目中、水滸説話と思われるものは朴刀の青面獣《せいめんじゆう》、桿棒の花和尚《かおしよう》、武行者《ぶぎようじや》の三種であろう（なお公案の戴嗣宗《たいしそう》が神行太保《しんこうたいほ》の戴宗《たいそう》を主人公とするなら総数は四種となろう。石頭孫立《せきとうそんりつ》については病尉遅《びよううつち》の孫立を主人公としない可能性が高い）。

青面獣、花和尚、行者は楊志、魯智深、武松の渾名であるから、おそらくそれぞれを主人公とするものであろう。魯智深、武松については『宣和遺事』に具体的な落草譚がないが、『水滸伝』には確たる銘々伝が収められており、これに類するものが「小説」でも語られていたと考えてよかろう。特に景陽岡《けいようこう》の虎退治に始まる武松のそれは、明の万暦期に『金瓶梅』の発端として使われるほど人口に膾炙《かいしゃ》しており、現在なお山東快書《さんとうかいしょ》として語られている。

梁山にのぼれなかった好漢たち

楊志、魯智深、武松らと同じく緑林《りょくりん》（盗賊）の好漢でありながら、水滸のそれには加えられず（地煞星の多くは『宣和遺事』以降に水滸説話に取り入れられた、由緒の明らかでない好漢たちであった）、かえって梁山泊討伐軍の将とされた者もいる。朴刀の李従吉、桿棒の攔路虎《らんろこ》、徐京落草（草）の主人公、李従吉、楊温、徐京がそれである。この三人、『水滸伝』第七十八回に上党太原節度使徐京、江夏零陵節度使楊温、隴西漢陽節度使李従吉と見え、この三人を含む十節度使は「旧日都《すべ》て是れ緑林叢中に在りて出身し、後来招安を受了し、直《ただ》ちに許大の官職と做《な》」ったとされている。李従吉、楊温、徐京の三人には落草、招安の経歴があり、「小説」はそれを語っていたはずである。三人はいわば水滸の好漢の先輩であった。ではなぜこの三人は『水滸伝』の編者から水滸の好漢たることを拒まれたのであろうか。そこで攔路虎が如何なる内容のものであったかを、『清平山堂話本』の「楊温攔路虎伝」によって考えてみよう。以下はそのあらすじである。

楊温は武芸なみなみならぬ剛の者であったが、山東省泰岳詣《たいがくもう》でのおり、得物《えもの》がなく、ために妻の冷氏を強盗に奪われてしまう。傷を癒《いや》した楊温は、旅費を恵んでくれた楊玉の世話で例年岳神の生辰《せいしん》に岳廟《がくびょう》で行われる棒術（桿棒）の試合に出場し、十年間無敗を誇る山東夜叉《やしゃ》の李貴に勝つ。ある日楊温が逗留《とうりゅう》する楊玉の店にくだんの強盗の一味がやって来る。楊玉の父、禿尾虎《とくびこ》の楊青は強盗と気脈を通ずる輩だったのである。楊温は楊氏父子をつけ、冷氏とこれをさらった細腰虎《さいようこ》の楊達のありかをつきとめ、先の試合の際知り合った馬都頭の助けを得て妻を取り戻した。

この話、棒術の試合が出てくるなど、桿棒の演目たるにふさわしい。話本の内容、表現からみて。たとえこれが宋代の「小説」そのものではないにしても、それに近いものであることに間違いはない。ところが『水滸伝』には棒術の試合でこそないが、岳神の誕生日、三月二十八日に岳廟に奉納される相撲の試合の話がちゃんと語られている。この日岳廟では棒術と相撲の試合が行われるのが習いであった。さればこそ、「楊温攔路虎伝」の茶店のボーイが楊玉を評し、「我が這《こ》の員外《うんがい》件々《どれも》好まず。只《ただ》両件相撲、使棒《ぼうじゅつ》のみ好む」といっているのである。『水滸伝』で相撲をとるのは浪子《ろうし》の燕青で、その第七十四回に試合の様子が見える。燕青は第八十回で高俅《こうきゅう》と相撲をとり、続く第八十一回では李師師を通じて徽宗皇帝に会い、招安の段取りをつけるなど、『水滸伝』にとって欠かせない役割を果たしている。『宣和遺事』では名のみの存在であった燕青が『水滸伝』の成立までに果たした地位の上昇はめざましい。この段階で、同じく岳廟で棒術の試合をする楊温の説話は燕青のそれのあおりを喰い、出番を失ってしまったのであろう。

図表7-3　燕青智撲擎天柱（内閣文庫『英雄譜』より）

以下に第七十四回の相撲の試合

の様子を原文で引いておくことにしよう。

這箇相撲、一来一往、最要説得分明。説時遅、那時疾、正如空中星移電掣相似、些児遅慢不得。当時燕青做一塊児、蹲在右辺。任原先在左辺、立箇門戸。燕青只不動撣。初時献台上各占一半、中間心裏合交。任原見燕青不動撣。看看逼過右辺来。燕青只惹他下三面。任原暗忖道：這人必来算我下三面。你看我不消動手、只一脚踢這廝下献台去（幸田露伴『訳註水滸伝』附載の原文による）。

白話小説と作者

中国の小説には白話のものと文言のものとがある。文言の小説は緊縮した文体で、短篇をむねとした。それが元代以降長篇化する傾向にあったことは前章で述べた。白話小説は宋代の盛り場の演芸であった「小説」、講史の種本、話本から発展したものであり、講史からは『三国志演義』をはじめとする長篇の演義小説が育った。「小説」は一朝一代のことを束の間に提破、捏合するとされるのであるから、さほど長いものではなかったろう。ところがこれも次第に長篇化していった。その典型的な例が『水滸伝』である。『宣和遺事』という核を中心に、「小説」として語られていた楊志、魯智深、武松に関する説話、元曲として上演されていた李逵《りき》、燕青に関する説話などを取り込み、破綻をきたすことがないようそれらを繋ぎあわせた後に成立したものが施耐庵（あるいは元末明初）の原『水滸伝』であったのではなかったか。ありもの（ないし史実）を生かし、それを骨格として物語を構成するなら、作者が独自の構想をめぐらす余地は少なくなる。これは演義小説共通の欠陥であるが、『水滸伝』にもこれと同様なことがいえる。あまりにも実在の梁山泊の盗賊宋江に創作の筆が拘束されてしまっているのである（宋江が一人か二人かはしばらくおく）。こうした史実によりかかった創作の在り方から脱却することにより、初めて本格的なノベルが誕生し、真の意味での小説家が登場することになるのであるが、これには明末の『金瓶梅』、さらには清初の『紅楼夢《こうろうむ》』の誕生を待たねばならなかったのである。

第八章　法家と小説家の間——公案概念の変遷

私情、花判両公案の存在が、羅燁の『酔翁談録』をそれ以前の宋代の小説集（通俗類書）から際立たせていることについてはすでに論じた。甲集巻二の私情公案は「張氏夜奔呂星哥《せいか》」、庚集巻二の花判公案は「子瞻《しせん》判和尚遊娼」、「判楚娘悔嫁村夫」ほか十五篇からなるが、いずれも男女関係のもつれが裁判沙汰となり、判官の判決で落着するというパターンをもっている。しかし公案「小説」の演目もそうだったかは保証の限りではない。むしろ何らかの形で公権力とかかわる事件ぐらいに考えておいた方がよいふしもある。そこで公案概念の変遷とそれをきたしたゆえんのものについて、以下で検討してみよう。

「張氏夜奔呂星哥」はつぎのような話である。

会稽の張副官には一男一女がおり、息子阿麟《ありん》は梁氏を娶り、娘瓊娘《けいじょう》は呂君寿《りょくんじゅ》に嫁いだ。二人の女は同時にみごもり、両家は指腹婚《しふくこん》の約束をする。やがて瓊娘は星哥を、梁氏は織女《しょくじょ》を産む。星哥と織女は張家で一緒に育ったうえ、親どうしの約束もあり、互いに許しあう仲であった。ところが都で連州知州を仰せつかった張副官が織女と陳枢密の末息子との結婚を取り決めてしまう。織女は張家を出ようとする星哥を語らい、成都《せいと》に駆け落ちし、日を選んで正式に結婚する。翌年陳枢密に発見された二人は府の役所に引き出される。

ここで物語は織女と星哥の供述書をながながと引いたうえ、最後をつぎのごとき判決文で締め括っている。

供する所を詳《つまび》らかにするに、男女当《まさ》に未《いま》だ育たざるの先、姑舅《こきゅう》通婚の議有るべし。

盟言当に守るべく、信義嘉《よみ》すべし。昔人必ず礼を待ち婚すと雖も、古者《いにしえ》も亦《また》告げずして娶る。星郎、織女、旧の如《ごと》く親を締《むす》べ。枢府名郎、更に新たに偶を求めよ。並びに放（以下欠）。

許嫁どうしが親の正式な許可なく私奔する話を収めた私情公案に対し、花判公案は妓女に関する短章を多く集め、判決が詞によることを特徴とする（花判と称するゆえんであろう）。詞は中唐におこり、宋代に流行した長短さまざまな句よりなる韻文（それゆえ長短句ともよばれる）であるが、もともとは教坊や妓楼で、それぞれの曲に合わせ歌われたものであった。それゆえ曲の数に応じた詞牌《しはい》がある。詞は漢文唐詩宋詞元曲といわれるように、宋代を代表する文学ジャンルであり、蘇子瞻（軾《しょく》）はその代表的な作者であった。「子瞻判和尚遊娼」は、霊景寺《れいけいじ》の僧了然《りょうぜん》が娼妓李《り》秀奴《しゅうど》にいれあげ、遂に秀奴を殺すにいたるが、臂上の「但願同生極楽国、免教今世苦相煎」なる刺青が動かぬ証拠となり、蘇軾の踏莎行《とうさこう》の詞（『全宋詞』はこの詞を『事林広記』から引くが、「此の首未だ必ずしも蘇軾の作為《た》らず」としている）で裁かれるという二百字足らずの短章であるが、よほど人口に膾炙《かいしゃ》していたとみえ、『緑窗新話』にも

「蘇守判和尚犯姦」と題して収められている。おそらく「小説」のひとつとして、当時の瓦子で語られていたのであろう。

どうやら判決の文なり詞なりを備え、それがかなめとなっている風流韻事、それを『酔翁談録』は公案とよんでいるらしい。しかもそこでの中心は判決文なり詞であって、事件そのものはつけたしの印象さえうける（読み物化していたためかも知れないが）。なお『酔翁談録』は私情、花判両公案のほか、二篇の裁判ものを収めている。第六章で触れた壬集巻一負心類の「紅綃密約張生負李氏娘」、乙集巻一煙粉歓合の「静女私通陳彦臣」とその続篇「憲台王剛中花判」がそれであるが、後者は七言絶句で判決が下されていた。

明末の公案小説集

ところが『酔翁談録』からおよそ三百年の後、訴状と判文を備え、あたかも公判の記録であるかのごとき体裁を装った読み物（以後「公案」と称する）を集めた小説集が相次いで刊行された。万暦年間から明末にかけ、いずれも上図下文の形式をとり、白話をまじえた文言により書かれた〇〇公案がそれである。これらは『詳刑公案』八巻、『律条公案』七巻首一巻、『詳情公案』八巻首一巻よりなるグループと、『皇明諸司廉明奇判公案伝（以後『廉明公案』と略称する）』四巻、『皇明諸司公案（続廉明公案伝）』六巻、『明鏡公案』七巻よりなるグループとに分かれる（この他に『鼎雕国《ていちょうこく》朝憲台折獄蘇《ちょうけんだいせつごくそ》冤神明《えんしんめい》公案』残本二巻の存在も知られるが、未見ゆえここではその存在を言及するにとどめたい）。グループ分けは「公案」及び書名の継承関係によるが、グループを越えた「公案」の継承授受もあり、一見、両グループに差異はないかにもみえる。しかしその実、両者は異なった公案概念の上に立って編集されたと考えられるのである。例を『詳刑公案』と『廉明公案』とにとってみよう。『詳刑公案』は謀害、姦情、婚姻《こんいん》、姦拐《かんかい》、威逼《いひつ》、除精、除害、窃盗、搶劫《そうきょう》、強盗、妬殺、謀占、節婦、烈女、双孝、孝子の十六類四十篇からなっている。しかし除精、除害両類などは裁判ものとはみなしにくい。『廉明公案』がこれらを省き、新たに人命、盗賊、騙害《へんがい》、闘《とう》殴《おう》といった類を立てたゆえんであろう。公案の概念は万暦までの間に男女の風流韻事（痴情事件の方が多かったのはいうまでもないが）を語るものから、およそ訴状と判文を備えたものに変わり、万暦の間に公判記録的な読み物へとさらに変貌を遂げたものと考えられるのである。

判決から捜査へ

『廉明公案』の人命類は「蘇院詞判奸僧」と題する一篇を収める。景泰《けいたい》年間（一四五〇―五六）の事件とはするが、一見して「子瞻判和尚遊娼」の焼き直しとわかる。そこでこの話によって、『酔翁談録』と『廉明公案』の相違についてさらに考えてみることにしよう。

「蘇院詞判奸僧」は事件を明代のこととした。判官が蘇院となったのはそのためであるが、本質的相違はそこにはない。それはむしろ「子瞻判和尚遊娼」ではなきに等しい事件解決の経過説明が、「蘇院詞判奸僧」では怪風に吹き寄せられた紙片の「事実了然、何苦相思」なる文字と、霊隠寺の壁の「但願……」なる詩句によると説明されている点にあろう。同話は明末の西湖漁隠主人による白話短篇小説集『歓喜《かんき》冤家《えんか》』の第十四回に「一宵縁約赴両情人」と題して収められているが、そこでは寺名が柳州明通寺、殺された妓女の名が李秀英とかわるのみならず、「一目了然、何苦相思」の文字は蘇院が夢で訪ねた寺の壁にあり、同年の進士が明通寺の了然の房に仮住まいしていたとされている。了然とその作になる「但願……」の詩句に疑念を抱いた蘇院は妓女に秀英の幽霊を装わせ、了然を自白に追い込む。こうした「合理化」は、この作品をほとんど「探偵小説」に変貌させている。しかしこうした「探偵小説」は、フィクションとしての創作が正当な価値を認められなかった中国では以後ほとんど成長せず、いわゆる侠義小説《きょうぎ》に姿を変えてしまうのである。

では万暦から明末のこの時期に、なぜ「探偵小説」が簇生《そうせい》したのか。これを論ずるには、時代を六百年ほどさかのぼり、宋代に刊行された法家の書を見なければならない。

疑獄集と折獄亀鑑

宋が五代十国の戦乱を統一し（九六〇年）、中国はようやく平和な時代を迎えた。和凝《かぎよう》（八九八―九五五）、和㠊《かもう》（九五一―九九五）の父子が、それ以前の難事件の事件簿である『疑獄集』三巻を刊行したのはこの頃であった。『疑獄集』は『酔翁談録』の両公案とは相違し、判文や詞より、犯人をいかにおびきよせ、あるいは追い詰め、いかにだまして自白に追い込むかに重きをおく書物であった。この意味で、『疑獄集』は直観と機知とを判官に求める書物といえよう。現存する『疑獄集』は、明の嘉靖十

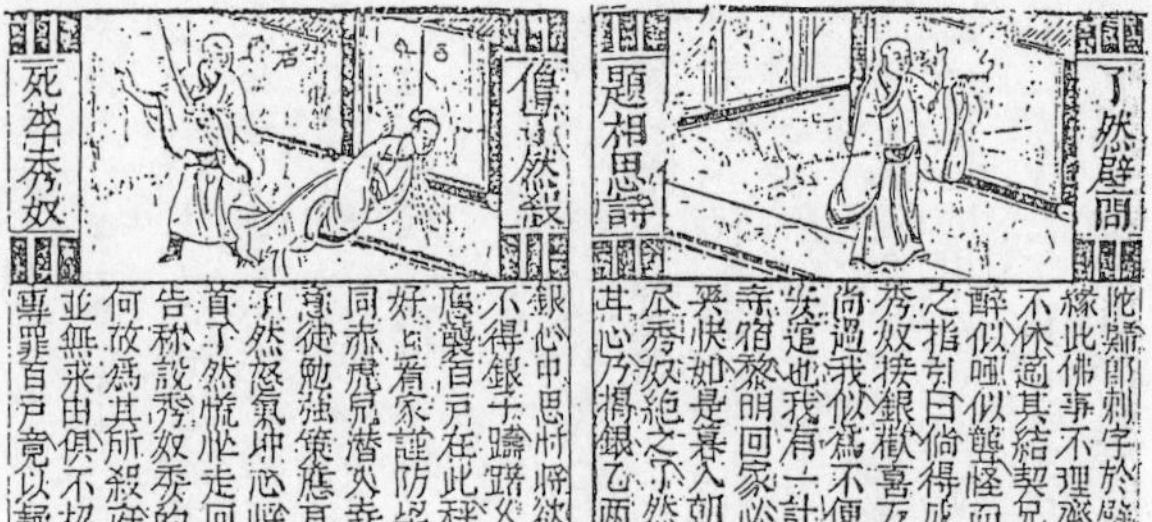

了然壁間
題相思詩

此歸郎刺字於壁曰但願生從極楽國免教今世苦相思緣此佛事不理齊素無心思求與之歡合又無有路逑恋不休逼其結契兄弟號赤虎兒者来和拜訪見其非病非醉似啞似聾怪而問之了然告其故因出二百餘金囑爲之指引曰倘得成就當重謝焉虎兒許諾將銀遞與秀奴秀奴挨銀歡喜万倍觴赤虎兒秀奴曰妓館往來人多和尚過我似爲不便万一事洩不惟奴家含羞那和尚罪將安逭也我有一計假称身子有病不能接客俟更闌潜入寺宿黎明回家必如此方可掩人耳目赤虎兒回話了然爽快如是暮入朝出僧妓遅宿人無知者後了然衣鉢蕩盡秀奴絶之了然終不敢言只是憤怒恐欲毀辱之而從其心乃竭銀五両托赤虎兒送與秀奴再求一宿秀奴挨

僧了然殺
死李秀奴

銀心中思忖將欲去乎則恐其爲他所弄將不去乎則捨不得銀子躊躇久之呼揭兒曰今晩有一位客官欲往京應襲百戸在此秤銀伍錢接我於西市中街旅邸飲宿汝好々看家謹防梁上人我明早自歸揭兒領諾秀奴悄々同赤虎兒潜入寺中與了然宿奸行事之際雖有雲容雨意徒勉強應耳了然終不滿是夜四鼓送至西市中街了然怒氣沖心將秀奴一擊而斃正在應襲百戸旅寓門首了然慌忙走回天明地方即將其事聞官揭兒具状赴告称說秀奴委的爲應襲百戸接去在客舗中飲宿不知何故爲其所殺府主即差手下將百戸及店主收縛拷問並無來由俱不招認府主思忖妓家爭妒致死者多未可專罪百戸竟以疑獄監訪時蘇巡撫巡郡案其事正乖勤

図表 8-1　『廉明公案』「蘇院詞判奸僧」の一部（蓬左文庫蔵）

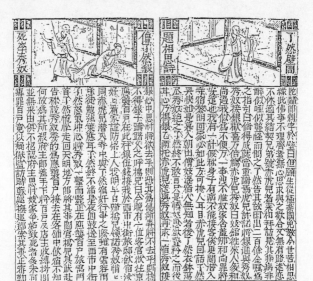

四（一五三五）年に張景が六巻を『補疑獄集』として増補した十巻本（前半の『疑獄集』部分にも増補がなされている）だが、このなかから「荘遵聞哭姦」の一篇を紹介しておこう。

荘遵《そうじゅん》揚《よう》州刺使《しし》為《た》り。部内を巡行し、忽《たちま》ち哭声の懼《おそ》れて哀《いた》まざるを聞く。車を駐《と》どめ之に問う。答えて曰く、「夫《おっと》火に遭《あ》いて焼死す」と。遵 疑えり。因《よ》って吏をして之を守ら令《し》む。蠅の屍首《ししゅ》に集まる有り。吏乃《すなわ》ち髻《もとどり》を抜き之を視《み》、鉄釘を得たり。即《すなわ》ち之を按ず。乃ち其の罪に伏す。

『疑獄集』が北宋を代表する事件簿なら、南宋を代表するそれは『疑獄集』を補訂した鄭克《ていこく》の『折獄亀鑑《せつごくきかん》』二十巻（現存八巻）であろう。『折獄亀鑑』は南宋の初め、紹興三（一一三三）年に刊行されている。

棠陰比事と棠陰比事物語

『棠陰比事《とういんひじ》』は桂万栄《けいばんえい》が南宋の嘉定《かてい》四（一二一一）年に編んだ事件簿である。棠陰はその昔、周の召伯が村々を巡り、住民の訴えを甘棠《かんとう》の木陰で聴き、公平な裁きをしたことにもとづき、比事は類話をふたつならべるその構成にもとづく。『棠陰比事』は『疑獄集』、『折獄亀鑑』などにもとづく全七十二比百四十四話からなるが、この書が我が国文学に与えた影響は少なくない。しかしこれに触れる前に、この『棠陰比事』の和刻本、ならびに翻訳の刊刻状況を明らかにしておくべきであろう。

我が国において真っ先に刊行された『棠陰比事』は古活字によるものだったらしく、その時期も元和《げんな》(一六一五—二三)から寛永《かんえい》(一六二四—四三)にかけてと推定されている。だがそのほぼ忠実な翻訳である『棠陰比事物語』五巻もこれとほとんど同時に刊行されているから、こうした裁判物に当時かなりの需要があったことが知られる。『棠陰比事物語』の実例として、巻一の「向相訪賊」の冒頭部分を引いておこう。

丞相向敏中《しょうびんちゅう》といへる人。西京《せいけい》といふ所にありし時。あんぎやの僧あり。道にゆき暮て。一むらありける里にゆきいたり。とある家に一夜をあかさん事をもとめける。あるじ出合て。かなふまじきよしいへり。僧のいはく日暮。道しらずして行がたなし。せめて門外に。一夜をあかさせて。たまハれかしなどと。わびければ。あるじゆるしてげり。か丶りける所に。こよひぬす人ありて此家に入。ひとりのをんなにさまさまのざいほうをもたせ。ひそかにかきをこえて。出ゆきけり。かの僧よもすがら。いねられぬま丶に。たまたま此事を見出せり。此僧つくつくと。あんじけるハ。ゆふべやどもとめしとき。あるじのおしミけるを。しゐてもとめし事なれバ。夜あけなば。かならずわれをとらへ。こよひの盗人なりとうたがひて。とらへて。うきめにあハすべし。さあらばわが身にとがなくして。かへつてとがにしづむべし。せんなきやどかりあはせて。ひはうのしにをせんよりハとおもひ。ひそかに此所を。夜にまぎれてにげ出けり。

『棠陰比事』はこの後、江戸の裁判物に多大な影響を与える。井原西鶴の『本朝桜陰比事』、無名氏の『本朝藤陰比事』などは言うに及ばず、『大岡政談』などにもそれが見られる。ちなみに先の「向相訪賊」は『大岡政談』の「白子《しらこ》屋《や》阿《お》熊《くま》之《の》記《き》」にその趣向が取り入れられている。

事件簿と余象斗

景泰年間の『棠陰比事』の呉訥《ごとつ》による改編本を追うように、張景の補になる十巻本『疑獄集』が刊行されたが、『廉明公案』の続編で、同じ余象斗が編集した『皇明諸司公案（続廉明公案伝）』六巻五十九話中、実に三十二話がこの十巻本『疑獄集』から出ている点は興味を引く。『詳刑公案』から『詳情公案』にいたるグループに比し、『廉明公案』を筆頭とするグループは、上記の事件簿に依拠する部分が格段に多い。ちなみに『詳刑公案』四十話中、『疑獄集』、『折獄亀鑑』、『棠陰比事』の三書と共通する話はひとつもない。

通俗類書の『万錦情林』をも編纂した余象斗は、福建の書肆三台館双峯堂《そうほうどう》の主人であるが、それ以上に万暦期通俗小説の編集、刊行、なかでも長篇の演義小説、たとえば『列国志伝』、『三国志伝』、『三国志伝評林』や『忠義水滸伝評林』、『四遊記』などのそれにたずさわった人として知られている。余象斗はそれ以前に完成していた白話の長篇小説を整理刊行したのだが、その果たした役割は小さなものではない。余象斗ゆえに今に残った小説も少なくないはずである。馮夢龍とまでゆかなくとも、今後それなりに評価を受けて然るべき人物であろう。その余象斗が宋代の事件簿を改編した

『皇明諸司公案』を『廉明公案』の続編として刊行したことは見逃せない事実である。

名判官物語

前記三種の事件簿は、たとえば『大岡政談』のように、特定の判官を主人公とするものではなかったし、そもそも小説として編まれたものでさえなかった。治安をつかさどる判官たるものの必読文献として編まれたものであった。判官はこれをもとに治政に励めと。ところが万暦年間にはいると、特定の判官を主人公とする白話並びに文言による短篇小説集が刊行され始める。宋初の包拯《ほうじょう》（九九九—一〇六二）を主人公とする白話の『百家公案』や『龍図《りゅうと》公案』は別格にしても（次章参照）、郭子章《かくししょう》（一五四二—一六一八）を主人公とする『郭青螺《かくせいら》六省聴訟録《りくしょうちょうしょうろく》新民公案（以下『新民公案』と略称する）』四巻の万暦三十三（一六〇五）年における、海瑞《かいずい》（一五一四—八七）を主人公とする『海剛峯先生居官公案伝』四巻の万暦三十四（一六〇六）年における刊行は興味深い。包拯と違い、その死後間もなく、あるいは生前からそれが刊行されているからである。ところが海瑞や郭子章の伝を見ても、これら公案に収められる事件などは記されていない。どうやら包拯に関する説話群とは相違し、その大半は、短期間に、しかも意図的に創作（実態は盗作に近いものではあるが）されたものであるらしい。『海剛峯先生居官公案伝』の多くは『百家公案』と『廉明公案』とにより、判官を海瑞と入れ替えたものであったし、郭子章を判官としつつ欺昧《ぎまい》、人命、謀害、劫《きょう》盗《とう》、頼騙《らいへん》、伸冤《しんえん》、奸淫、覇占《はせん》の八類に分けられる『新民公案』の構成は『廉明公案』などとまったく同一であった。もっとも清の藍鼎元《らんていげん》（一六八〇―一七三三）号鹿洲《ろくしゅう》の『鹿洲公案』のごとく、実話を集めた作品もないではない。しかしそれは雍正（一七二三―三五）の頃のことであって、万暦の頃のことではなかった。

万暦時代

誕生から二百年を過ぎ、内憂外患こもごもいたりつつあった明朝にとって、万暦の四十八年間、特にその後半は、下り坂を転がり落ちる寸前の、ゆらめきとたゆたいの時期であった。前記の「公案」小説集のみならず、僧や尼の犯罪のみを集めた『僧尼《そうに》孽海《げっかい》』不分巻附輯一巻、だましの手口の百科全書、張応兪《ちょうおうゆ》の『杜騙新書《とへんしんしょ》』四巻（第十五章参照）などの犯罪小説の刊行は、万暦という時代と深くかかわっていよう。なお『僧尼孽海』は『酔翁談録』の「子瞻判和尚遊娼」や、第五章で言及した『緑窗新話』

図表8-2 折獄の書籍と公案小説

朝代年号	西暦	事項
北宋 九六〇～一一二七		疑獄集四巻（和凝八九八～九五五・和㠓九五一～九九五）
嘉祐七	一〇六二	包拯（包龍図）死す（九九九～）
南宋 一一二七～一二七九		
紹興三	一一三三	折獄亀鑑八巻（鄭克）
嘉定四	一二一一	棠陰比事一巻（桂万栄）
明 一三六八～一六四四		
永楽一〇	一四一二	周新死す（?～）
景泰間	一四五〇～一四五六	棠陰比事一巻附録一巻（呉訥補）
嘉靖一四	一五三五	疑獄集四巻補疑獄集六巻（張景）
成化間	一四六五～一四八七	説唱詞話刊行さる
万暦一五	一五八七	海瑞死す（一五一四～）
～二二	～一五九四	百家公案十巻百回
二二～	一五九四～	詳刑公案八巻（寧静子）
二五～	一五九七～	僧尼孽海不分巻附輯一巻
二六?	一五九八?	皇明諸司廉明奇判公案伝四巻（余象斗）
二九～	一六〇一～	律条公案七巻首一巻
三三	一六〇五	郭青螺六省聴訟録新民公案四巻
三四	一六〇六	海剛峯先生居官公案伝四巻（李春芳）

三四〜 一六〇六〜	皇明諸司公案（続廉明公案伝）六巻（余象斗）
四六 一六一八	郭子章死す（一五四二〜）
万暦間一五七三〜一六二〇	鼎雕国朝憲台折獄蘇冤神明公案存二巻
昌啓間一六二〇〜一六二七	杜騙新書四巻（張応兪）
	明鏡公案七巻（葛天民・呉沛泉）
	龍図公案十巻百則（早くとも万暦三〇年以降の成立）
啓禎間一六二一〜一六四四	詳情公案八巻首一巻？
崇禎一三 一六四〇	歓喜冤家二十四回
清 一六四四〜一九一一	
康熙初一六六二	照世盃四巻（酌元亭主人）

の「李少婦私通封師」を「霊隠寺僧」、「封師」として収める。『僧尼孽海』が「新話摭粋《せきすい》」、ならびにこれを収める通俗類書とともに、宋代「小説」の種本集と関連をもつ書物であることにまず間違いはあるまい。「公案」小説集の刊行と通俗類書のそれとが期を同じくするのは、偶然ではなかったのである。馮夢龍、余象斗の両名はともに通俗類書の刊行にかかわっており、上下二段の通俗類書と上図下文の「公案」小説集とは構成も似かよっていた。事件簿的作品以外の除精、除害、節婦、烈女、双孝、孝子などの類を含む『詳刑公案』についても公案「小説」の演目との比較から「小

説」の種本集であった可能性を考えてさしつかえあるまい。

万暦中期に、余象斗に代表される勢力——おそらく書肆の主人であろう——によってリライトに対する意識の変革が進み、それが無名氏に『水滸伝』をもとに『金瓶梅』を書かせしめ、さらに馮夢龍にこれまでの話本を書きかえ、三言を編刊させたのである。

第九章　包龍図の登場——講唱文芸のとりで

第六章にあらすじを紹介した「紅綃密約張生負李氏娘」の判官包公とは、とびきりの名判官として知られる包拯（九九九—一〇六二）、包公のことだが、「小説」には包公（天章閣待制《たいせい》、龍図閣直学士となったため、包待制、包龍図ともよばれる）の登場するものがいくつかある。『酔翁談録』の公案「小説」三現身《さんげんしん》や、妖術「小説」に続き「也《また》趙正の京師《けいし》を激鬧《げきどう》するを説《と》く」と紹介される「趙正激鬧京師」は、それぞれ『警世通言』巻十三、『古今小説』巻三十六の「三現身包龍図断冤」、「宋四公大鬧禁魂張」（趙正という盗賊が登場する）にその後姿をとどめているが、そのいずれも包公が犯罪をあばき、盗賊を取り締まるというあらすじをもっている。南宋の頃すでに、包公は「小説」に欠かせない人物となっていたらしい。本章は包公を主人公とする説話群の変遷について考えてみようとする。

民衆に愛された包公

包公説話（包公を主人公とする物語群）は、明の中期、成化《せいか》年間（一四六五―八七）には説唱詞話《せつしようしわ》として語られていたことが近年知られた。上海《シヤンハイ》附近の古墓から当時の説唱詞話のテキスト十六種（別に伝奇のテキスト一種）が発見され、そこに包公説話が八種含まれていたからである。説唱詞話とは、韻文部分、すなわち唱《うた》われる部分を中心として構成される講唱文芸の一種である。包公説話はこの説唱詞話のほか、宋では官本雑劇、金では院本、元では雑劇（元曲）として、またこれらの時代を通じて戯文《ぎぶん》として演じられていたことが知られている。この民衆に愛好された包公説話にとって、『新刊京本《けいほん》通俗演義全像百家公案全伝（以下『百家公案』と略称する）』百回の刊行は記念碑的な出来事であった。万暦年間の成立と推定される『百家公案』は、包公説話を緩く結びつける形式をとった白話の長篇小説であった。この点は青面獣、花和尚、武行者といった「小説」を寄せ集めた形の『水滸伝』と軌を一にしている。しかし『西遊記』の孫悟空のごとき大脇役なしに、さしてかわりばえのしない筋書きを百回も続け、読者を引きつけておくのはさほど容易なことではない。それに包公説話が集成された時期も遅きに過ぎた。その成熟を待つことなく、それに踵《きびす》を接するように、相互関係を捨象した短篇百話からなる『龍図公案』が刊行された事実がそのことを裏付けている。

包公の実像と虚像

包公説話の数は多いが、実話と考えられるものはほとんどない。その唯一の例外が『宋史』巻三百十六の本伝に見えるつぎの事件である。

人の牛の舌を盗割する者有り。主来たり訴う。拯曰く、「第《ただ》帰り、殺して之を鬻《ひさ》げ」と。尋《つい》で復《また》来りて私《ひそか》に牛を殺すを告ぐる者有り。拯曰く、「何為《なんす》れぞ牛の舌を割きて又之を告ぐ」と。盗驚服す。

しかしこの事件とて、同じ『宋史』の巻三百三十三や『折獄亀鑑』巻七は穆衍《ぼくえん》や銭《せん》龢《か》が裁いたとするから、真に包拯にかかわる逸話とするには問題がなくもない。沈括《しんかつ》の『夢渓筆談《むけいひつだん》』巻二十二や徐度《じょど》『却掃編《きゃくそうへん》』巻中に見える包拯の逸話も、訟獄《しょうごく》の権をめぐる小役人との軋轢《あつれき》を書きとめたものでこそあれ、裁判そのものの記録ではなかった。

包公をめぐる民間信仰

これに対し、宋代すでに、民間では包拯を東岳泰山の速報司とする俗信が生じていたらしい。金の元好問の『続夷堅志』巻一「包女得嫁」は世俗の伝として、「包希文正直《せいちょく》を以て東岳速報司を主《つかさど》る。山野の小民知らざる者無し」と記し、『永楽大典』巻一三九九一に収められる『小孫屠没興遭盆吊』戯文では東岳泰山府君より東岳に速報司が新添されたことが紹介された後、「日《ひる》は陽間を判じ 夜は陰を判」ずる包拯が登場するし、元・無名氏の『小張屠焚児救母』雑劇には、「在世の時是《こ》れ包待制、死後神と為《な》る。速報司是れなり」とある。速報司は死後にしか晴らせなかった冤罪を今生《こんじょう》のうちに速やかに報いる役所であった。『小孫屠』戯文も包拯を速報司としているとみてよかろう。同じ『永楽大典』巻七五四三が収める『金剛感応事跡』は、霍《かく》参軍が金剛経を念ずるに従って地面が裂けて包龍図が湧出し、吾は速報司となのったと記している。先の「三現身包龍図断冤」は女房と間夫に謀殺された大孫押司の冤魂が三度下女の迎児《げいじ》の前に現れ、包拯がこの犯罪をあばくというものだが、冤魂の三度目の出現

図表 9-1 『三遂平妖伝』より。右上が包公（天理図書館蔵）

場所が東岳廟の速報司である点が注目される。この頃より、民衆の意を体した形で、包拯の速報司就任がなされていたのであろう。

『小孫屠』戯文は包拯を昼はこの世の、夜はあの世の判官としている。しかしこれは本来の伝承ではなかったかも知れない。というのも、包拯に関する伝承に、包拯が仕えた仁宗皇帝を赤脚大仙《せっきゃくたいせん》の、包拯自身を赤脚大仙に従って天下った文曲星の転生とするものがあるからである。それならば、説唱詞話の『新刊全相説唱張文貴伝』で、天帝たる玉帝が下界の包公を助けることも、『新刻五鼠《ごそ》鬧東京《どうとうけい》包公収妖全伝』で、包公みずから天上界に魂を飛ばすことも合点がゆく。だがこの仁宗赤脚大仙転生説話は『新刊全相説唱足本仁宗認母伝』に代表される狸猫換太子《りびょうかんたいし》説話にとってかわられ、これにともなって包公文曲星転生説話も閑却され、包公の天上への道も閉ざされてしまう。魂を天上に飛ばすための陰陽枕《いんようちん》が夜はそこに休みつつ、泰山におかれる冥府を治めるための陰床《いんしょう》にかわるゆえんである。『宋史』の本伝は都の評判として、「関節の到らざる、閻羅《えんら》と包老有り」と記す。冥府の閻羅王と包拯だけが賄賂で動かせないという噂が、包公を文曲星から速報司、さらには閻羅王とする前奏曲をなしたといっては、言い過ぎであろうか。

包公説話と「小説」

ここで視点をかえ、『百家公案』に代表される包公説話の各々について、その淵源を探ってみることにしよう。主な淵源としては、「小説」とその筆録本たる話本、説唱詞話、官本雑劇、院本、雑劇、戯文等の戯曲の台本、法家の書と「公案」小説集、それに伝奇小説が挙げられるが、戯曲の台本と伝奇小説については論及を避け、ここでは他の三種のうち、まず「小説」とその筆録本たる話本について簡単に検討してみたい。

包公説話と確認できる「小説」については先に論じたが、これ以外にも公案目の八《はっ》角井《かくせい》、大朝（相）国寺、霊怪目の太平銭、煙粉目の錯還魂、神仙目の粉合児《ふんごうじ》がそれと推定できる。いま粉合児を例にとってみよう。粉合児は劉義慶の『幽明録』に見えるつぎの話を換骨奪胎したものに相違ないとされる。そうであるなら無名の判官も登場し、包公説話に組み込まれるのにふさわしい。そのあらすじは以下の通りである。

ある富家の息子が市で胡粉《おしろい》を売る娘に一目惚れし、毎日胡粉を買いに行く。やがて二人の気持ちは通じ、いざ逢瀬《おうせ》という折、男は嬉しさのあまり死んでしまう。箆《なが》笥《もち》の中に胡粉の山を見つけた男の両親は、市の胡粉を買い集め、比較のうえ娘を訴えて出る。訴えられた娘が県令の許しを得て死体を撫《な》で慟哭《どうこく》したところ、男は生き返った。

同じ話は『緑窗新話』にも「郭華買脂慕粉郎」と題して収められている。主人公の郭華は娘との約束の刻限に遅れ、千歳一遇のチャンスを逃した失望のあまり、娘がしるしに残しておいた布鞋を呑《の》み込んで息を詰まらせてしまう。とはいえ郭華の両親は判官の手を煩わせず、みずからの手で事件を解決してしまうから、これを包公説話とするには決め手に欠ける嫌いがある。だが元の曽瑞卿《そうずいけい》の雑劇『王月英元夜留鞋記』には包拯が判官として登場するし（王月英は娘の名）、『百家公案』第六十二回もこれを「汴京判就臙脂記」（主人公は郭華と王月英）と題して収めるから、粉合児を包公説話とみることに問題はあるまい（同話は院本、戯文としても演じられていた）。ただこれを神仙に分類しているのが気にかかる。知られる限りにおいては、これを神仙に分類する必然性を見いだし得ないからである。「小説」では郭華の還魂に神仙がかかわっていたか、郭華、王月英の両人が金童玉女の下凡したものとでもされていたのかも知れない。なお話本としては『清平山堂話本』の「合同文字記」をあげることができる。

有名無名の判官たち

つぎに、順序をかえ、第八章で論じた法家の書の包公説話への影響について見てみることにしよう。『百家公案』第八回の「判姦夫誤殺其婦」はつぎのような話であった。

梅敬という男が成都での商《あきな》いの帰りに諸葛武侯廟でおみくじを引く。くじには「逢崖切莫宿、逢水切莫浴、斗粟三升米、解却一身屈」とあった。帰路お告げに従い、舟を崖下から遷《うつ》したとたん崖が崩れ、家では敬にかわって体を洗った女房の姜《きょう》氏が何者かに殺される。実は姜氏の間夫が敬を殺そうとして、誤って姜氏を殺してしまったのだった。包公は「斗粟三升米」の言葉から康七という男を捕らえた。

この話の原話は『捜神秘覧』巻上「王旻《おうびん》」である。そこでは主人公が王旻、卜者が西川《せいせん》の費《ひ》孝先《こうせん》、その言葉が「教住莫住、教洗莫洗、一石穀搗得三斗米」となり、判官は無名氏とされている。両者の石《たん》と斗、斗と升の相違はおそらく意味があるまい。糠《ぬか》（康）が七割あればそれでよいはずである。この話は張景の『疑獄集』巻十に「王旻解卜」と題して収められている。これから『百家公案』、換言すれば包公説話に組み入れられたと考えてよかろう。『百家公案』第六十三回、第六十八回、第七十一回がそれぞれ『疑獄集』巻六の「西山夢神訊殺僧」、「易衣匿婦箬籠」、巻七の「日隆詰孩語」をもとにしていることからみて、この推定に誤りはあるまい（ちなみに費孝先の話は二十巻本『捜神記』の巻三にも収められているが、『捜神記』と『捜神秘覧』という書名の類似から、後に誤って二十巻本に収められたものであろう）。

「王旻解卜」、「易衣匿婦箬籠」は無名の判官による公判記録であったが、他の二篇には真西山、宋日隆という歴とした判官が登場している。第八章に『棠陰比事物語』を引いた向敏中の話も『百家公案』第三十六回にとりこまれている。このほか明初の判官周新（?—一四一二）に関する公案説話も大量に利用されている。こうした有名無名の判官の公判記録にもとづきつつ、包公説話は成長していったのである。

宝をめぐる物語

説唱詞話の『新刊全相説唱張文貴伝』二巻は、死人なら生き返り、病人ならたちまち元気に、老人なら若返り、醜いものは容姿抜群になるという青絲碧玉帯《せいしへきぎょくたい》、これを叩《たた》けば酒が尽きず溢《あふ》れるという逍遥無尽瓶、これを使って酒を飲むと楽の音が聞こえるという温涼盞《おんりょうさん》という三つの宝をめぐる、一風かわった物語である。まずそのあらすじを紹介しよう。

官途を求めて旅に出た張文貴は、その途次、静山大王という山賊にとらえられてしまう。しかし幸運にも大王の娘青蓮公主に見込まれ、救けられたうえ、三つの宝までもらう。張文貴は三つの宝を仁宗に献上しようと都にのぼる。宝の効能を知った旅籠の主人楊二は張文貴を殺し、宝をたまたま重病にかかった太后に献じ、元帥の職を授けられる。開封府尹の包公は楊二の人相から悪人と睨むが証拠がない。そんなおり、天神の助けを得た文貴の愛馬が文貴の死体を背に開封府尹の庁にやってくる。病と偽って仁宗から青絲碧玉帯を借りた包公は張文貴を生き返らせ、その訴

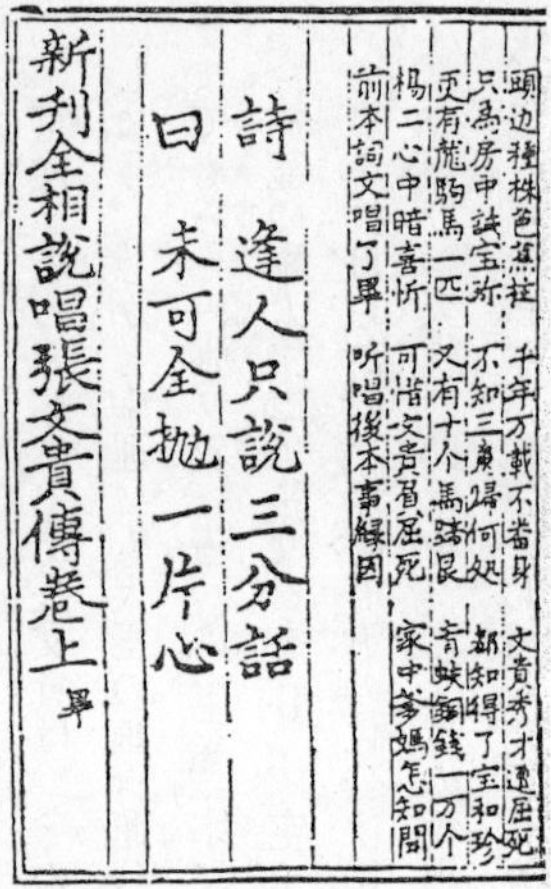
頭边種株芭蕉柱　千年万載不當身　文貴秀才遭屈死
只為房中該宝祢　不知三魂歸何処　都知得了宝和珍
更有龍駒馬一匹　又有十个馬踏艮　青蚨銅銭一万个
楊二心中暗喜忻　可惜文貴屈屈死　家中爹媽怎知聞
前本詞文唱了畢　听唱後本事縁因
詩曰　逢人只説三分話　未可全抛一片心
新刊全相説唱張文貴傳巻上　畢

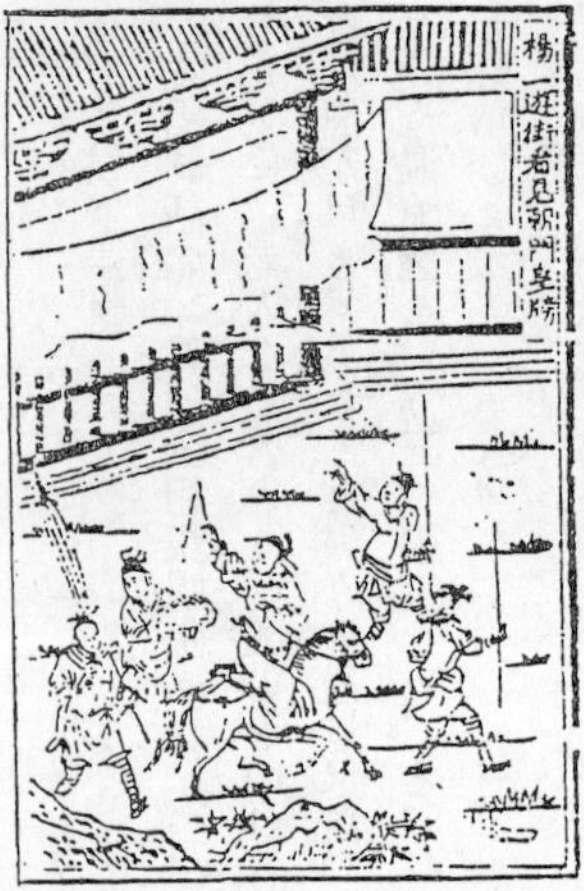

図表9-2 『新刊全相説唱張文貴伝』上巻巻末と下巻巻頭の図

えのもと、楊二を捕らえる。張文貴は青蓮公主と結婚し、楊二にかわって元帥となった。

すでに佚した雑劇、包待制智《ち》賺《たん》三件宝はこれと同じ題材を扱ったものであろうし、元・武漢臣の雑劇『包待制智賺生金閣』も生金閣なる宝をめぐる物語であった。だが両者とも、『百家公案』や『龍図公案』には収められていない。包公説話にもはやりすたりがあり、この類の話は明末の読者には歓迎されなくなっていたようである（青絲碧玉帯と同様の効能の瓊瑤玉剣が『全相平話武王伐紂書』に見える)。いま説唱詞話の見本として、その上巻末の部分を引いておこう(傍線部は韻を踏んでいる)。

文貴秀才遭屈死　只為房中試宝珍　不知三魂帰何処　都知得了宝和珍
更有龍駒馬一匹　又有十個馬蹄銀　青蚨銅銭一万個　楊二心中暗喜忻
可惜文貴負屈死　家中爹媽怎知聞　前本詞文唱了畢　听唱後本事縁因
　詩曰　逢人只説三分話　未可全抛一片心

説唱詞話から説書へ

『百家公案』の成立の遅れは、一面で包公説話が長期間にわたって講唱文芸の領域にとどまっていたことを意味する。とすれば『百家公案』が成立した万暦の頃にも、包公説話が説書《せっしょ》として民間に行われていた可能性は高かろう。しかしその痕跡は残されていないようである。説書は説唱詞話と違い、散文部分を中心とした、聴衆に語って聞かせることを主とする講唱文芸で、宋の「小説」の後身といってさしつかえないものであった。だが明末から清初にかけ、一世を風靡《ふうび》した説書家柳敬亭《りゅうけいてい》(一五八七?—

一六七〇?)が得意としたのは、当時の世相を反映した三国、西漢、隋唐を中心とした講史と『水滸伝』であった。おそらくこの時期、「仁宗有道君」の「万民安業」の治世を謳《うた》う包公説話は、世相に似つかわしからぬものとして、さほど歓迎されなかったのではあるまいか。

公案小説から侠義小説へ

こうして包公説話は杳《よう》としてその消息を絶ってしまう。それが新しい衣をまとって立ち現れるには、清朝も末に近い道光年間(一八二一—五〇)まで待たねばならなかった。石派書の創始者として知られる説書家石玉崑《せきぎょくこん》(一八一〇?—七一?)は龍図公案を得意とした。彼の龍図公案は万暦の頃に刊行された『龍図公案』と異なり、包公のまわりにつどう剣侠が悪徳襄陽王《じょうようおう》をやっつけるという筋立てのもの(説書、すなわち語り物だが、一応侠義小説とよんでおく)であった。石玉崑の説書は初め写本で伝えられ、後にその韻文部分、すなわち唱の部分が削られた『龍図耳録《じろく》』百二十回となり、それが再度整理され、光緒《こうちょ》五(一八七九)年、問竹主人なる書肆の主人により『忠烈侠義伝(一名『三侠五義』)』百二十回として刊行された。清末の大学者兪樾《ゆえつ》はこれをさらに改訂し、『七俠五義』と改題のうえ刊行している。いま石玉崑の説書の一端を窺うべく、『龍図耳録』以前のものと推定される写本から、快いリズムを窺える一節を引用してみよう。

那馬剛只知道治《ママ》（智）化当真的殺了倪継祖□。那曉得此時候早被北俠欧陽春背着倪太守、競奔杭州的城地大路而来。

真俠客　背着太守奔大路　此時候　天色剛然三古（鼓）中　到処是　提鈴喝号巡更査夜　但則見　灯火隠々人話声喧　仰視天光明星幾点　遠々的　深巷微聞犬吠声有幾顆（棵）古柳微風声細々　一望東籬老屋三椽　北俠他　走得渾身全是漢（汗）倪太守　連呼義士把話来言　我看你　背着我走有些費力　到不如　放我下地一塊逃躥　北俠説　不消如此我不困（睏）怕的是　受傷身体行路難　現如今　已離杭州城不遠　你看々　城市巍峩已在眼前

俠義小説の先声は荊軻《けいか》の秦始皇帝暗殺未遂事件を語る『燕丹子』で、これを継承した晩唐の伝奇小説には「虯髯客《きゅうぜんかく》伝」や『伝奇』所収の「崑崙奴《こんろんど》」、「聶隠娘《じょういんじょう》」などがあった。ところがこの後この類の伝奇小説はしばらくその跡を絶ってしまう（もちろん白話小説の『拍案驚奇』巻四「程元玉店肆代償銭　十一娘雲崗縦譚俠」のような例外もないではない）。それが西欧諸国の侵略を受け、中国が存亡の危機に立たされたこの時期に、いっきに息を吹き返したのである。光緒十六（一八九〇）年に刊行された『小五義伝』百二十四回、その翌年に刊行された『続小五義』百二十四回はその好例であろう。

俠義小説にはこのほか女俠の活躍する『児女《じじょ》英雄伝』があるが、これについては才子佳人小説とのかかわりで第十四章に述べることにしたい。

第十章　幽霊さまざま——伝奇小説の変遷　その二

『嬌紅記』に代表される長篇伝奇小説に遅れ、長い沈滞期を抜け、短篇の伝奇小説も息を吹き返し始めた。瞿佑《くゆう》（一三四七—一四三三）の『剪灯新話《せんとうしんわ》』、李禎《りてい》（一三七六—一四五二）の『剪灯餘話』に収められる諸篇がそれである。本章はこの剪灯二話に始まる明代の短篇伝奇小説の流れについて論じようとするものである。

元末明初

モンゴル人が中国全土を支配した元朝が倒れ、朱元璋が明朝を打ち建てた頃、施耐庵が『水滸伝』を集大成したことは第七章で述べた。施耐庵は、江南に兵を起こし、朱元璋と覇を競った張士誠（一三二一—六七）麾下《きか》での従軍体験をもとに『水滸伝』をまとめたとされている。『水滸伝』のみならず、元末明初のこの時期が沈滞しきっていた伝奇小説に与えた影響には見逃せないものがある。奇異な出来事を伝えんとする伝奇小説にとって、元末明初の乱世は恰好の舞台を提供したのである。『剪灯新話』に収められる二十一篇の伝奇小説のうち、元の最後の皇帝順帝の治政（一三三三―六八）から明初にかけてに時代背景をとったものが十三篇の多きにのぼることが、この間の事情を端的に物語っている。

剪灯二話

現存の『剪灯新話』は、洪武《こうぶ》十一（一三七八）年に書かれたと推定される原『剪灯新話』を再編したもので、四巻、各巻五篇、作者瞿佑の自伝かとおぼしい附巻の「秋香亭記」とあわせ、全二十一篇の伝奇小説からなっている。瞿佑は字《あざな》を宗吉《そうきつ》、号を存《そん》齋《さい》といった。これに対する『剪灯餘話』は、書名からも明らかなように、『剪灯新話』の続編を目指したもので、巻数こそ五巻だが、附録の一篇を除けば二十一篇と篇数も『剪灯新話』に一致する。李禎は字を昌祺《しょうき》といい、むしろこの字で知られている。官職は翰林院庶吉士《かんりんいんしょきつし》から礼部主客郎中《れいぶしゅかくろうちゅう》、さらに広西、河南の左布政使《さふせいし》となったという。かなりの名士とみなせる。

剪灯二話には、唐代の伝奇小説とくらべ、二つのきわだった特徴が存する。幽霊、妖怪にかかわる、あるいはいささか風紀によろしからぬ作品が多いことがその一であり、唐代では『遊仙窟』のみに用いられた四六駢儷文《しろくべんれいぶん》が盛んに用いられ、詩が頻用されていることがその二である。前者は宋代「小説」の霊怪、煙粉、伝奇などの演目に見える民衆の嗜好変化をもある程度反映しよう。唐代の伝奇小説は古文運動の影響を強く受けていた。李禎の経歴は前記の通りだが、官途にあっては蹉跌の多かった瞿佑とて、若くして才子の誉れも高く、詩名の高さではむしろこれをしのぐと伝えられる。この二人の作品が、同じく才子の誉れの高い張鷟《ちょうさく》の『遊仙窟』と一脈通ずる文体で書かれたのも偶然ではなかったかも知れない。

いとしい幽霊

女の幽霊の話が多いだけなら別段のことはない。しかしそれがさまざまに描き分けられているならば、その点について検討しておかねばなるまい。そこで『剪灯新話』を主対象に、これを仮にいとしい幽霊、たたる幽霊、さまよえる幽霊に分け、順次みてゆくことにしたい。とりあえず『剪灯新話』の紹介も兼ね、「愛卿伝《あいけいでん》」の冒頭部分を引こう。

羅愛愛は嘉興《かこう》の名娼《めいしょう》なり。色貌才芸、一時に独歩し、又性識通敏にして、詩詞に工《たくみ》なり。是《ここ》を以て人皆敬して之を慕《した》い、称して愛卿と為《な》す。佳篇麗什《かへんれいじゅう》、人口に伝播《でんぱ》す。風流の士、咸《み》な修飾し以て狎《な》れんことを求む。懵《ぼう》学の輩、自《みずか》ら視ること缺然《けつぜん》たり。郡中の名士、嘗て季夏の望日を以て、鴛湖凌虚閣《えんこりょうきょかく》に会して暑を避け、月を翫《め》で、詩を賦す。愛卿先に四首を成す。座間皆筆を閣（擱《お》）く。詩に曰く、

画閣の東頭晩涼を納る、紅蓮似《しか》ず白蓮の香《かんば》しきに、一輪の明月　天　水の如《ごと》し、何処《いずこ》に簫を吹き鳳凰を引く。

「愛卿伝」は愛卿が嫁いだ同郷の資産家の息子が、父の遠縁の吏部尚書の招きで都に旅立つところから始まる。以下にそのあらすじを掲げよう。

息子は愛卿に励まされ、意を決して都に旅立ったが、尚書はすでに病を得て免官されており、仕官の当てもなく、進退にさえ窮してしまう。この間に故郷の老母は

愛卿にみとられつつこの世をさり、愛卿も張士誠軍に対峙《たいじ》した元軍の将に迫られ、貞節を守らんとみずから命を絶った。息子は苦労の末帰国したが、あたりの様子は一変しており、母と妻の行方も知れない。翌日逢った旧僕の案内で母の墓に詣で、経緯を聞いて裏庭の銀杏の樹の下から愛卿の屍を掘り起こすと、さながら生けるがごとき姿であった。改葬後泣き暮らしている息子のもとに、とある夕べ、愛卿の幽霊が姿を現す。二人は思いの丈《たけ》を述べ、閨《ねや》の睦言《むつごと》を交わした。翌朝、愛卿は永のお別れですと言い、涙にくれながら去っていった。息子が愛卿の言葉に従い、愛卿が生まれかわると言った無錫《むしやく》の宋家を訪ねると、二十箇月も腹中におり、生まれてからも泣きやむことがなかった男の子が、息子の顔を見てにっこり笑って泣きやんだ。

愛卿の幽霊は六朝の志怪と同様、人とまったく同じに振る舞う。もちろん人に危害などは加えない。愛卿の名にふさわしい、本当にいとしい幽霊であった。生まれかわらず、一夜の契りによる子供を何年か後に送りとどけて来るなら、六朝志怪の世界そのものであった。ところが「愛卿伝」ではそうはならなかった。これは六朝期にくらべ、彼此の隔たりが多少拡大していることを示しているように思える。

たたる幽霊

愛卿の幽霊は相思相愛の夫婦の間に現れる、いわば出現を期待される幽霊であった。これと反対に、なんら関係のない男に近づき、やがてはその男を棺に引きずり込んで取り殺すこわい幽霊も『剪灯新話』には登場する。「牡丹灯記」の符《ふ》麗卿《れいけい》の幽霊がそれである。しかしこれを論ずる前に、宋代の伝奇小説に現れたたたる幽霊について一言しておく必要があろう。例としては『酔翁談録』辛集巻二負約類の「王魁負心桂英死報」と『夷堅志』丁志巻九の「太原意娘」（ならびに『鬼董』巻一「張師厚」。なお『汴京勼異録』巻八所引の『祥符旧志』の「李雲嬢」も「太原意娘」に類する）を取り上げたい。両者は『酔翁談録』に王魁負《おうかいふ》心《しん》、灰骨匣《かいこつこう》（『古今小説』巻二十四に「楊思温燕山逢故人」が収められる）として著録される「小説」の原話とされるものである。

王魁負心と灰骨匣

「王魁負心桂英死報」は当時の実話にもとづくといい、魁は大官であった父兄をはばかっての仮名とされる。物語はおよそつぎのようである。

山東萊《らい》州の妓女王桂英は、科挙に失敗し、失意の底にあった王魁を物心両面にわたってささえた。翌春二人は州北の海神祠で行く末を誓い、魁は都の春試に向かう。首尾よく第一位（魁）で科第《ごうかく》した魁は、体面を考え、誓いに背いて桂英と連絡を絶ち、父の勧めるままに崔《さい》氏と結婚して徐州に赴任してしまう。桂英は徐州の魁を訪ねて知らぬふりをされ、屈辱のあまり喉をかき切って死ぬ。数日後、海神のたすけを得た桂英が南京で試験官をしていた魁のもとに現れ、負義漢と罵る。魁はしきりに許しを乞うが、ついに剪刀《はさみ》でみずからを刺す。傷は深くなかったが、その後何度も自殺騒ぎを繰り返し、お祓いの道士にも見放されたあげく、本当に自殺してしまった。

同じ『酔翁談録』の負心類に分類される「紅綃密約張生負李氏娘」もこの話と似た筋立てをもっていた（第六章参照）。にもかかわらず包公による公案説話に終わったのは、海神祠での誓約にあたるものがなかったため、換言すれば、負心であっても負約ではなかったためと考えられる。この事実はなかなかに重要である。このことを確認のうえ、つぎに「太原意娘」について考えてみよう。そのあらすじは以下の通りである。

楊従善は燕山《えんざん》の酒楼で墨痕も乾かぬ表兄《いとこ》韓師厚《かんしこう》の妻王意娘の署名を見つけ、跡を追ってこれに巡りあう。意娘の話によれば、淮泗《わいし》で金の撒八《さんぱち》大尉の捕虜となり、貞節を守らんと自刎《じふん》したがからくも一命をとりとめ、今は大尉の妻韓国夫人の計らいで気ままに暮らしているとのこと。ところがその後南朝から外交官としてやって来た師厚によれば、意娘は確かに自刎して死んだという。従善が師厚を案内して韓国夫人邸に行くと、それは荒れ屋敷。近くの老婆によれば、意娘はここで韓国夫人によって荼毘《だび》にふされたといい、その冢《つか》もみつかった。その夜現われた意娘の霊は師厚の不再婚を遺骨改葬の条件とする。しかし意娘の危惧通り、数年をへずして再婚した師厚の墓参は間遠になる。夢枕に立った意娘に違約を責められた師厚はおそれから病を得、数日のうちに死んだ。

「太原意娘」は意娘がたたる部分の描写を極度に簡略化している（韓愧怖得病、知不可免、不数日卒）。ところが『鬼董』の「張師厚」は「案ずるに此の新奇にして怪なるは、全く再娶の一節に在り。而れども洪公詳《つまびら》かに知らず。故に復之《の》を載せ、以て夷堅の闕《けつ》を補う」とみずから記すごとく、その重点をたたりの過程に置いている。そこでこちらのあらすじも紹介しておこう（登場人物を張師厚、崔懿娘《さいいじょう》とする）。

一子の夭折《ようせつ》を悲しんではかなくなった懿娘にかわって師厚が娶った劉氏は残忍刻薄なうえに嫉妬深く、師厚に懿娘の遺骨を捨てさせる。やがて劉氏には前夫の霊が取り憑《つ》き、その再嫁を罵る。師厚は劉氏に取り憑いた霊の調伏を法師の張雲老に依頼するが、懿娘の幽霊も現れ、揚子《ようす》江《こう》に骨を捨てた暴挙をなじる。秋の夕べ、江上に舟を浮かべた劉氏は前夫の幽霊に水中に引き込まれ、師厚も霧とともに立ち現れた懿娘の幽霊とのもみあいの中で張雲老に誤殺される。

自刎と怨念

上記二篇には、夫婦であったり、夫婦同然であったりしながら、約に背いて結婚、あるいは再婚した男に取り憑き、これを取り殺す怨霊が描かれているが、そのいずれもが自刎した女のそれであったことは注目に値する。もっとも怨霊を描く伝奇小説はこれ以前に皆無だった訳ではない。唐の蔣防《しょうほう》の『霍小玉伝《かくしょうぎょくでん》』がそれである。だが霍小玉の怨念は死の間際の李益との対面によって減殺され、桂英や意娘ほど強烈なものとはならなかった。しかもそれも「我死するの後、必ず厲鬼《れいき》と為《な》り、君の妻妾をして終日安からざらしめん」とあるように、直接李益には向けられなかった。李益が妻を三度もとりかえざるを得ないほどの猜疑心にさいなまれこそすれ、霍小玉の怨霊に取り殺されずにすんだ理由がここにある。豪士に頼ることなく、みずからの命と引き換えても誓約に対する裏切りを許すまいとする女性が小説に描かれるには、換言すれば、豪士をもちだすことなしに小説を完成させ得るだけの力量が作者に備わり、これと並行して女性の自我が高まるには、宋代を待たねばならなかったのである。

なお王魁負心の類話として、『夷堅志』補巻十一「満少卿」の存在も見逃せまい。「満少卿」は後に『二刻拍案驚奇』巻十一「満少卿飢附飽颺　焦文姫生仇死報」となった。

さまよえる幽霊

『鬼董』巻四には後に『警世通言』巻十四の「一窟鬼癩道人除怪」となる話の原話が見える。この話「樊生《はんせい》」はつぎのように要約できる。

樊生は西湖のほとりのとある寺で女ものの履《はきもの》を拾う。中には「妾《わらわ》は対《つれあい》を択《えら》ぶ者なり。姻議有る者は王老娘を訪ねて之に問うべし」と書かれた紙片が入っていた。王媼《おう》によれば、相手は張郡王の嬖《きにいり》だったが、郡王の死後嫁に出されることになったとのこと。さっそく二人は一緒に暮らし始める。ところが女は私通をして郡王に斬殺された陶氏の怨霊で、これを知った張生のお祓いに捨てぜりふを残して姿を消す。一月余り後、慈雲嶺《じうんれい》からの帰途、樊生は風雨の中で陶氏、王媼をはじめとする亡者の一群に追われ、死ぬほどの目にあわされた。

樊生と陶氏とはそもそも赤の他人であった。樊生にすれば、偶然に履を拾い、幽霊と知らずに結婚したに過ぎないのであるから、それと知って別れるのは当然と考えよう。しかしこの考え方は陶氏には通用しない。陶氏にとっては裏切られたという事実

図表 10-1 『剪灯新話』「牡丹灯記」の図（早稲田大学図書館蔵）

のみが残るのである。この話から当時すでに幽霊とは積極的に交わるべきではないとする見方が一般的であったことがわかる。ただこわい目にはあっても亡者に取り殺されたわけではないから、ユーモラスな話ですんでいる。

ところが「牡丹灯記」の幽霊は縁もゆかりもない男と野合し、最後はこれを取り殺してしまう。「牡丹灯記」こそは、中国の幽霊文学における画期的な作品であった。以下はそのあらすじである。

至正庚子の年、明州に住む鄮《やむお》の喬《きょう》生《せい》は、元宵節《げんしょうせつ》の夜、双頭の牡丹灯を持った腰元連れの十七、八の美女にあう。喬生はその美女符麗卿とたちまちよい仲となり、自宅に誘う。麗卿が夜ごと通う日々が半月ほど続いたある日、不審に思った隣翁が壁に穴をうがってのぞく。その目に映ったのは、なんと化粧をした骸骨であった。これを聞いた喬生は、麗卿が仮住まいするという月湖の西のあたりを捜しまわる。その帰路、湖心寺の一室で、十二年も放置されたままの「故奉化符州判の女《むすめ》麗卿の柩《ひつぎ》」と書かれた棺を発見し、あわてて玄妙観の魏法師に救けを求める。湖心寺に行くことを禁じられた喬生だったが、酔ってうっかり湖心寺の前を通り、腰元の金蓮と麗卿に棺の中に引きずり込まれ、そこで息絶える。その後麗卿の棺と喬生とは城外に葬られたが、今度は連れだって昼日中から人々に害をなすようになった。魏法師の師鉄冠道人は喬生、符麗卿ならびに金蓮を符吏にひっとらえさせ、しばらく鞭打ったうえ、供述書をとって九幽の獄に押し込めた。

取り殺す論理と取り締まる論理

取り殺された喬生は、束の間の快楽と引き換えに一生を棒に振ったわけだが、麗卿がはじめから喬生を取り殺す意図を持っていたとは思えない。もの皆開放的となる元宵節の夜に、未婚のままに死に、家族にさえ見捨てられ、満たされない心を癒そうとしたに過ぎまい。そこへ喬生の裏切りがおこり、やっと手に入れかけた幸せが逃げてゆこうとした。朱符によってみずから働きかける途を閉ざされた麗卿のもとへうかつにも飛び込んでいった喬生の死まで麗卿の責任とするのは酷であろう。それに麗卿と手に手をとって出没する喬生の姿には満足感さえ感じられる。相思相愛の二人を引き裂いたのは、二人の存在を有害視し、問題視する世上の論理、冥界の規律を重んずる統治者の論理であった。

誰からも忘れられ、満たされない心をいだく女の幽霊がこの世をさまようのは元宵節に限らない。春の清明《せいめい》節を中心とする頃もそうであった。『熊龍峯四種小説』のひとつ、「孔淑芳双魚扇墜記」は三月望日を、第十三章に詳しく述べる白蛇《はくじゃ》伝説話は清明節を運命の日と定めている。もっとも「孔淑芳双魚扇墜記」は『剪灯新話』の「滕穆酔遊聚景園記」などから字句を、「牡丹灯記」から趣向を借りており、ここで例にあげるには不適当かも知れない。しかしこうした作品を通じ、斬殺されたり、早逝ゆえ未婚のままに終わったりして、ついに結婚による幸せをつかむことのなかった女性の幽霊がこの世にあくがれいでては男を取り殺すと信じられていたことがわかる。

鴛渚誌餘雪窓談異と幽怪詩譚

剪灯二話の続書には趙弼《ちょうひつ》の『効顰集《こうひんしゅう》』三巻、陶輔《とうほ》の『花影集《かえいしゅう》』四巻、それに邵景瞻《しょうけいせん》の『覓灯《べきとう》因話』二巻が挙げられる。『効顰集』は二十五篇の、『花影集』は二十篇の、『覓灯因話』は八篇の伝奇小説を収める。だが傑作といえるほどのものは数えるほどにすぎない（第十二章参照）。そこでここではこれまで言及されることが皆無にひとしかった『鴛渚誌餘雪窓談異《えんしょしよせっそうだんい》』と『幽怪詩譚《ゆうかいしたん》』とについて述べてみよう。

『鴛渚誌餘雪窓談異』は題名の通り、「愛卿伝」で愛卿が詩を賦した凌虚閣がそのほとりに建つ鴛湖にまつわる伝奇小説を集めたもので、評述者は釣鴛湖客《ちょうえんこかく》とされる。上巻に十六篇、下巻に十二篇（目録では十四篇）、全二十八篇の伝奇小説を収める。このうち六篇が万暦期の通俗類書に収められている。このこととこの伝奇小説集が万暦三（一五七五）年以降に刊行されたこととは、通俗類書の歴史を知るうえで見逃せない事実である。以下に『剪灯新話』の「令狐生冥夢録」に範をとったと考えられる「天王冥会録」を引いておこう。

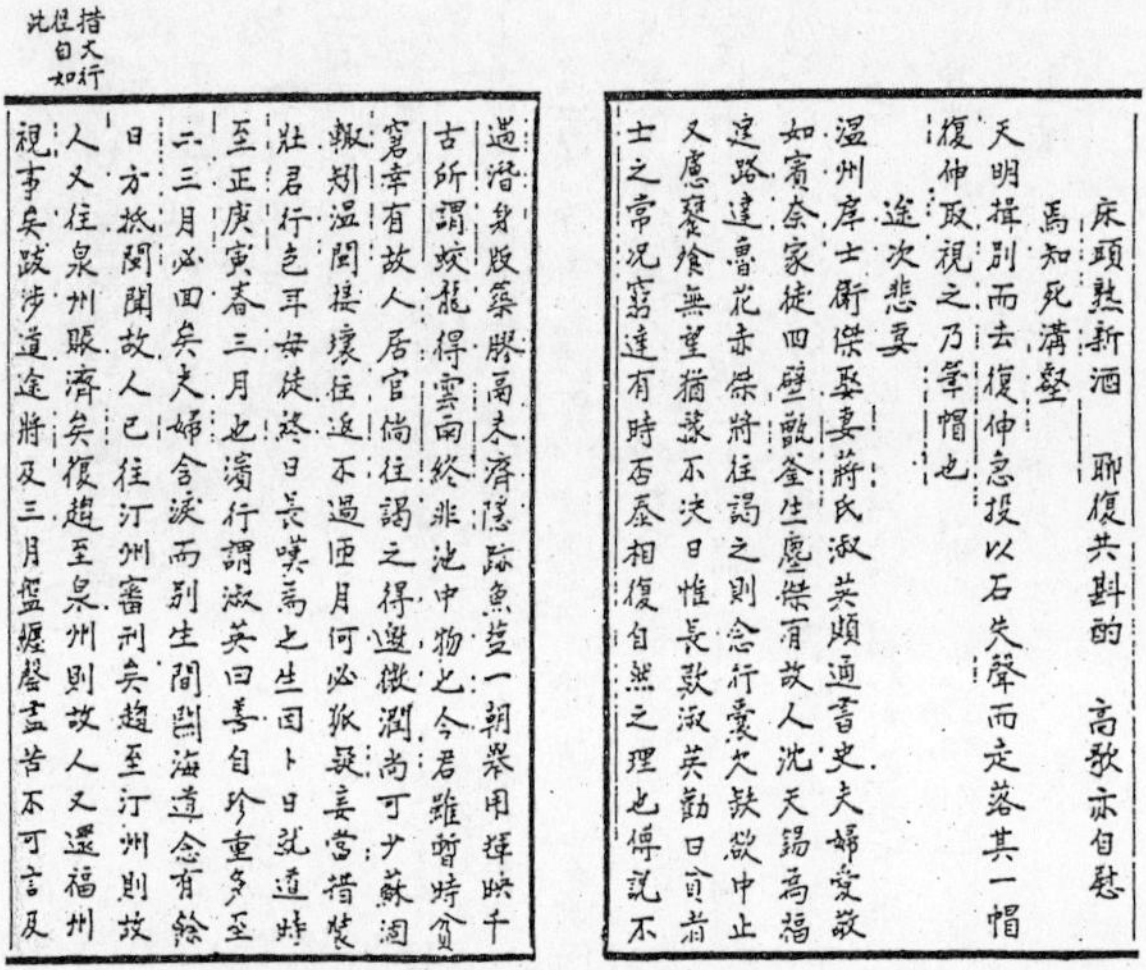
床頭熟新酒　聊復共斟酌　高歌亦自慰
焉知死溝壑
天明揖別而去復仲急投以石失聲而走落其一帽
復仲取視之乃筆帽也
途次悲妻
温州庠士蔚傑娶妻蔣氏淑英頗通書史夫婦愛敬
如賓奈家徒四壁甑釜生塵傑有故人沈天錫爲福
建路達魯花赤傑將往謁之則念行囊乏缺欲中止
又慮饔飧無望猶豫不決日惟長歎淑英勸曰貧者
士之常況窮達有時否泰相復自然之理也傳說不

措大行
但自如
况

遇潛身版築膠鬲未濟隱跡魚塩一朝舉用輝映千
古所謂蛟龍得雲雨終非池中物也今君雖暫時貧
窘幸有故人居官倘往謁之得邀微潤尚可少蘇涸
轍况温閩接壤往返不過匝月何必狐疑妾當措裝
壯君行色耳毋徒終日長嘆爲之生因卜日就道時
至正庚寅春三月也瀕行謂淑英曰善自珍重多至
二三月必回矣夫婦含淚而別生間關海道念有餘
日方抵閩聞故人已往汀州審刑矣趨至汀州則故
人又往泉州賑濟矣復趨至泉州則故人又還福州
視事矣跋涉道途將及三月盤纏罄盡苦不可言及

図表 10-2　『幽怪詩譚』写本

処士の張生なる者、鴛湖の南に居《お》り、簞瓢《たんぴょう》の楽《らく》有るも、軒冕《けんべん》の累《るい》無し。叢林中に往来し、釈子と禅を談じ、頗《すこぶ》る真乗の旨を識る。万暦三季秋、里中磨腐屠猪の妻、各《おのおの》羅道の偈《げ》を宣《の》べ、男婦を扇惑し、従う者甚だ衆《おお》きを見、張 臂を攘《まく》り之を斥《しりぞ》けんと欲し、又文を為《つく》り之を刺《そし》らんと欲す。其の妻阻みて曰く、「子 死を救うすら且《か》つ瞻《み》ず、奚《なん》の暇ありて閑事を管する哉」と。因《よ》って咲《わら》いて止《や》む。後夜月に対して独坐し、二力士を見る。黄巾綉袄《しゅうおう》にして、前に向《すす》み、礼を施して曰く……

『幽怪詩譚』は六巻九十六篇からなる小説集で、崇禎《すうてい》二（一六二九）年に編纂された。纂輯者は碧山臥樵《へきざんがしょう》。これにも剪灯二話や唐代伝奇小説の影響が指摘できる。巻一の「月下良縁」は「牡丹灯記」に、同じく「途次悲妻」は「愛卿伝」にならっている。しかし『幽怪詩譚』の特徴は格調の高い文章と、花妖、樹妖等の話柄の新鮮さにあった。この意味で『幽怪詩譚』は剪灯二話と蒲松齢の『聊斎志異』とを繋ぐ作品として注目される。

第十一章　話本から小説へ——輯佚と創作

「話本」とは本来話そのものをさす言葉であり、「話柄」、「話文」などと同義語であった。それが「小説」に代表される講唱文芸の筆録本の意味に用いられているのは本来語の誤用に属する。にもかかわらず、本書は筆録本（とみなすもの、以下同様）をこの言葉でよんでいる。このことは従来の誤用を踏襲するものと非難をよぶかも知れない。しかし筆録本を話本とよぶことがすでに慣習化し、これにかわる適当な用語もないなら、新たな熟さない言葉を作って混乱を増やすより、それと断って話本なる言葉を使用する方が穏当であろう。むしろ本書が話本とみなした作品も文字通りの意味での筆録本ではないことを認識しておくことの方が重要に思える。そもそも「小説」には老郎ないし才人とよばれるシナリオ作家がいたのだし（これらの人々によって書かれた作品は「小説」の底本として、筆録本とは区別されねばならないが、両者を厳密に弁別することは困難である)、明末には文人が話本をよそおった読み物を書いたから、話はますますややこしい。明の崇禎年間以降に刊行された白話の短篇小説集はほとんど後者であり、これらは擬話本とよばれることもある(本書ではこの名称は用いない)。本章は話本とよばれる作品が個人の営為としての文学作品といえるものに姿を変えてゆく様子をみることを目的とする。

洪楩の清平山堂

明の嘉靖の頃、杭州《こうしゅう》に清平山堂《せいへいさんどう》という書肆があった。主人は洪楩《こうべん》といった。清平山堂は嘉靖二十五年に葉祖栄《しょうそえい》の『新編分類夷堅志』十集五十一巻を刊行した書肆であるが、これと同じ頃、おそらく嘉靖の二十年代に、それ以前に刊行された話本の板木を集め、六十家小説(あるいは六家小説)と題される話本集を刊行した。六十家小説は六集に分かれ、おのおの雨窗《うそう》、長灯《ちょうとう》、随航《ずいこう》、欹枕《きちん》、解閑《かいかん》、醒夢《せいぼう》と題されていたとされる。このうち現存するものは『雨窗集』上の五篇、『欹枕集』上二篇、下五篇の計七篇、集名不明ゆえ『清平山堂話本』と仮称される三冊十五篇、それに残葉が二篇、合わせて二十九篇に過ぎない(ほぼ完全なものは二十一篇)。しかしこの二十九篇により、これ以前の「小説」を中心とする講唱文芸の様子がかなりの程度にまで明らかになったのである。

清平山堂から刊行された話本（以後『雨窗集』、『欹枕集』を含め、『清平山堂話本』とよぶ）を仔細にみると、行款《ぎょうかん》がまちまちであることに気づく。毎半葉十一行、毎行二十一字ないし二十二字で無魚尾《ぎょび》が基本であるが、十行二十四字ないし二十五字で白魚尾を有するものもあるし、版心の清平山堂の文字がないものさえある。この事実と、話本が単行されていたことをうかがわせる『宝文堂書目』などの記載から、『清平山堂話本』の成立事情をつぎのように考えることができる。『清平山堂話本』の板木は清平山堂が集めた他書肆の板木とみずから刻した板木とからなり、後者の刊刻時期も一ではなかったと。この推定通りなら、『清平山堂話本』には嘉靖より古い時代の話本が収められており、六十家小説成立時にはそれに新たな改変は加えられなかったとみてよいことになろう。このことは、後述の三言に収められ、話本と一般には称されている作品を論ずる際に重要な意味をもってくる。

熊龍峯四種小説と通俗類書

『清平山堂話本』同様、比較的忠実な話本を収めるものに、万暦前期に熊龍峯《ゆうりゆうほう》なる書肆から刊行された単行本のシリーズ、いわゆる『熊龍峯四種小説』や、これも万暦以降に刊行された通俗類書がある。だがこうしたなかにはとうてい筆録本とはみなせない作品や、「小説」以外の話本が含まれていることも事実である。その一方『清平山堂話本』のなかで「小説」以外の話本とされている「快嘴李翠蓮記」や「張子房慕道記」の尾題に新編小説や小説の文字が見えている（ちなみに『清平山堂話本』二十九篇中、小説ないし新編小説の文字を尾題に冠するものは確実には八篇、おそらくは九篇存する）。こうした事実はどう考えるべきであるのか。当時幅広く本来の意味での「話本」を読み物として求める機運が高まり、それとともにこれらにある一定の形を与え、それを小説とよぶことが始まったのではなかったか。宋代の「小説」の概念が忘れられ、新たな、今日的な意味での小説の概念が成立しつつあったともいえよう。

なお『京本《けいほん》通俗小説』なる「影元人抄本」の出現がかつて世間を騒がせたが、これは『警世通言』、『醒世恒言』のなかの副題に宋人小説、宋本、古本の文字が見える七篇を抜き出し、王朝の呼称などにそれらしく手を加えた偽書である。これら諸篇が

「小説」として演ぜられていた可能性、並びにその話本存在の可能性（事実、うち三篇については『宝文堂書目』に単行本が著録されている）を否定するものではないが、『京本通俗小説』を即話本集とすべきではあるまい。

発跡変泰話本と紅白蜘蛛記

北宋の頃には太祖趙匡胤《ちょうきょういん》の出世譚をはじめとする発跡変泰の話が盛んに語られていた。だがこうした上昇志向の強い話は体制側にとってそれほど好ましいものではなかった。発跡変泰とともに、南宋初において民衆の鬱積したエネルギーを吸い上げる役割を果たしたのが説鉄騎児であったらしい。だが秦檜《しんかい》による対金和平政策の採用にともない、説鉄騎児はその勢いを失い、発跡変泰も「小説」の種目から姿を消してしまう。元初の『酔翁談録』が両者に一言も触れていないことは先に述べた。とすれば、逆に発跡変泰なり説鉄騎児なりとみなし得る話本が現存していれば、それはかなり古い出自のものとみなせる。この意味で重要なのが「新編紅白蜘蛛小説」の残葉である。「新編紅白蜘蛛小説」は一九七九年に西安市文物管理委員会の廃紙の山の中から発見された。話本の最後の一葉らしく、十一行二十字からなるその末尾に新編紅白蜘蛛小

図表11-1　話本の輯佚と通俗類書

朝代年号	西暦	事項
明　一三六八～一六四四		
嘉靖二〇年代		洪楩、清平山堂よりこれ以前の話本を集成し、六集六十種として刊行（現存二十九種、残本を含む）
嘉靖二五	一五四六	新編分類夷堅志十集五十一巻（葉祖栄編、清平山堂刊）
四五	一五六六	太平広記重刻さる（談愷）
万暦一五	一五八七	国色天香十巻（呉敬所編）
		繡谷春容十二巻（起北齋編）
二一	一五九三	剪灯叢話　新話二巻餘話三巻因話二巻（虞淳熙編）
二六	一五九八	万錦情林六巻（余象斗編）
三〇	一六〇二	青泥蓮花記十三巻（梅鼎祚編一五四九～一六一五）
三三	一六〇五	才鬼記十六巻（梅鼎祚編）
		新刻増補全相燕居筆記十巻（林近陽編）
		重刻増補燕居筆記十巻（何大掄編）
万暦間一五七三～一六二〇		熊龍峯、話本をシリーズとして刊行（現存四種）
万暦四〇～	一六一二～	情史二十四巻（馮夢龍編）
昌啓間	一六二〇～	古今小説四十巻（馮夢龍編）
天啓四	一六二四	警世通言四十巻（馮夢龍編）
六	一六二六	類説六十巻重刻さる
七	一六二七	醒世恒言四十巻（馮夢龍編）
崇禎一	一六二八	拍案驚奇四十巻（凌濛初編）

四	一六三一	型世言四十巻（陸人龍編）
五	一六三二	二刻拍案驚奇三十九巻附一巻（凌濛初編）
		今古奇観四十巻（抱甕老人編）
清　一六四四〜一九一一		
順治四？	一六四七？	増補批点図像燕居筆記十三巻（馮夢龍編）
		最娯情（小説伝奇）四集

説の文字が二行どりに大書されている。元刊本との見方は但見、正是といった話本の常套句が黒字に白く陰刻されていることによる。こうした『清平山堂話本』にない特徴や版面の大きさの相違から、この推定は首肯し得る。ところが正是とあって詩を引用し、「話本説徹、権做散場」で終わる点や、新編……小説と題する点など、『清平山堂話本』と瓜ふたつといってよいほど似ている。「新編紅白蜘蛛小説」残葉の発見は、話本が元代すでに刊行されていたこと、しかもそれが明の中期から万暦にかけて刊行されたそれとほぼ同じ形式であったこと、ならびに当時すでに話本に小説という言葉を附する場合があったことを明らかにしてくれたのである。

この話は『醒世恒言』巻三十一に「鄭節使立功神臂弓」と題して収められ、『宝文堂書目』に紅白蜘蛛記、『酔翁談録』の霊怪「小説」の演目に紅蜘蛛と著録されるものと同話と考えられている。もっとも霊怪は『酔翁談録』での分類で、「鄭節使立功神臂弓」の本文に発跡変態（泰）なる言葉が処々に見える通り、元来は発跡変泰（出世物語）に分類されるべきものであったろう。そのあらすじはつぎの通りである。

主人から金を脅し取ろうとした夏徳を殴《なぐ》り殺して囚《とら》われの身となった鄭信は、黒気の立ち昇る東京の古井戸に降ろされる。なんと井戸の底には別天地があり、鄭信はそこで紅蜘蛛の精日霞仙女を助けて白蜘蛛の精月華仙女を討ち、これと一男一女を儲ける。夙縁《しゆくえん》尽きた鄭信は仙女と別れ、仙女から授けられた神臂弓をもとに両川《りようせん》節度使に出世する。十二年後、かつての主人張俊卿《ちようしゆんけい》が仙女の託した子供をとどけてくる。鄭信は金軍討伐に功績をあげ、後日日霞仙女の迎えをうけてみまかった。

「新編紅白蜘蛛小説」は最後の第十葉のみが現存し、そこでは子供達の手を引いた鄭信が仙女と別れる場面以下が記されている。次に引くのは仙女と別れて以降の鄭信の生涯を記す部分である（仙女の迎えについては触れられていない）。

鄭信到得路口看時、却是汾州大路。径直去東太原府投事充軍。太原府主却是种相公諱師道（?）、見了鄭信、相他有分発跡、収留刺充名字。鄭信因献神臂弓。相公見喜、差充帳前管事指揮、依様做造、後来収番（蕃）、累獲戦功、百姓皆感大恩、兼立生祠。次後升転□（川）鎮節度使、直到如今留下這跳欓弩児。後来身建□（累?・屢?）次陰功護国、敕封官至皮場明霊昭恵大王、到□□（今発）跡遺蹤尚在。

正是

蕭々斑竹映回廊　靄々祥雲籠廟宇

話本説徹　権做散場

鄭信が四つ辻までやってきて目を凝らして看ると、そこは汾州への街道でした。そこでまっすぐ東太原府にいって軍に身を投じました。太原の府主はかの种相公、諱師道でしたが、鄭信を見るや、彼に出世の相があると見抜き、引き留めて名前を名簿に載せました。鄭信が神臂弓を献上したところ、相公は喜び、帳前管事指揮に抜擢し、これをモデルに複製させたところ、以後の蕃との戦いは連戦連勝だったので、人々は皆大恩を感じ、鄭信の生祠を立てました。その後川鎮の節度使に栄転し

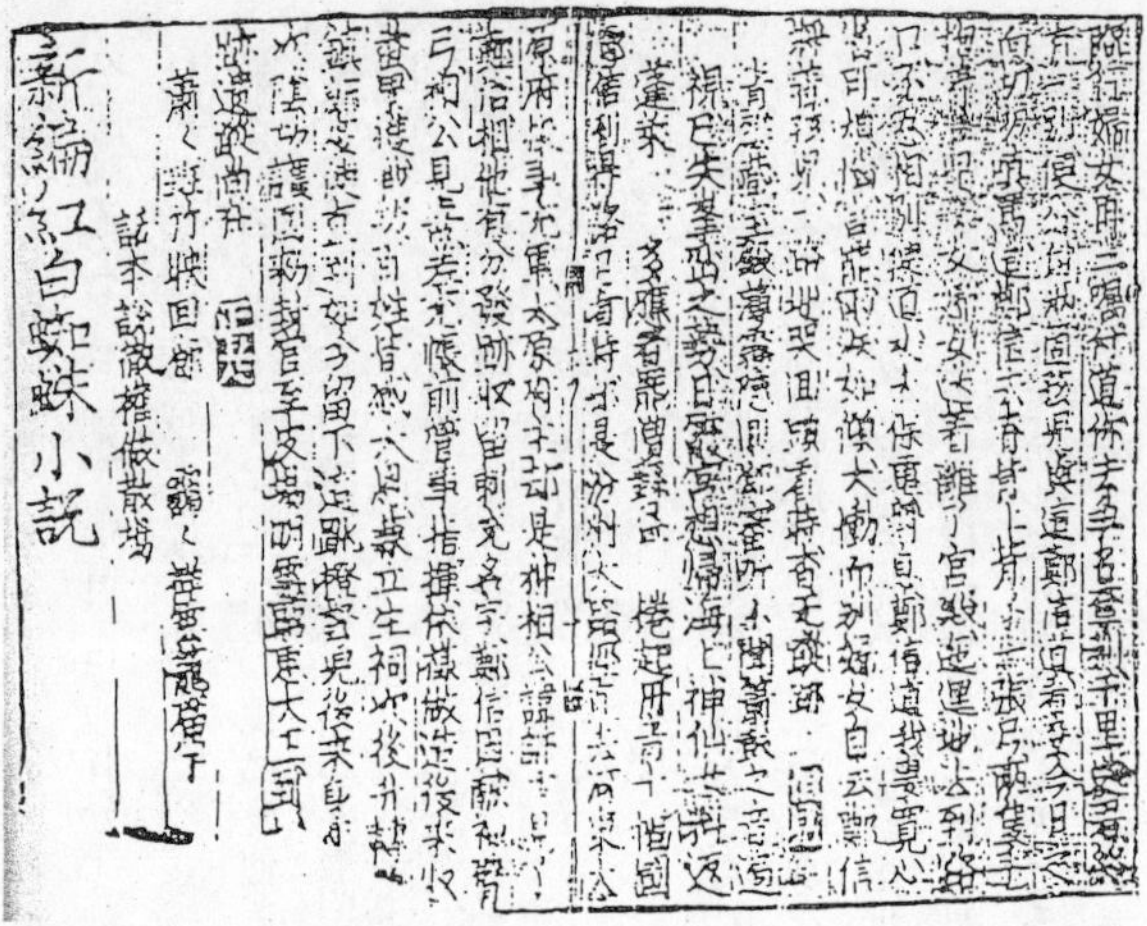
新編紅白蜘蛛小說

図表 11-2　『新編紅白蜘蛛小説』残葉

ましたが、今に至るもこの跳欖弩児は残っております。後に度々陰功を挙げ国を護ったので、皮場明霊昭恵大王にまで敕封され、今に至るも出世の跡は残されております。正しくこれ

蕭々たる斑竹は回廊に映え
靄々たる祥雲は廟宇を籠める

であります。話本はこれにてお終いですので　しばらくお休みといたします。

三言百二十篇

三言とは天啓《てんけい》年間に馮夢龍《ふうぼうりょう》の手によって編集刊行された各四十篇から

なる短篇小説集、『古今小説（のち喩世明言と改題された）』、『警世通言』、『醒世恒言』をさす。三言所収の諸篇中には話本とみなしてさしつかえない作品もないではない。だがそれらについても何らかの馮夢龍による書きかえ、すなわち創作がなされた可能性を否定し得ない以上、これらは区別せずに論ぜられるべきであろう。この個人の文学的営為の色彩の濃い作品群を、『古今小説』の名にちなみ、本書では小説とよぶことにしたい。天啓年間に刊行された三言所収の小説と、嘉靖から万暦にかけての刊行になる『清平山堂話本』、『熊龍峯四種小説』（話本あるいは小説を標榜するが、書名はいずれも後世の仮称である）、ならびに通俗類書所収の話本とでは、刊行の時期にさしたる差があるわけではない。しかし両者は厳密に区別して論ぜられるべきなのである。

だが三言百二十篇の性格は、『清平山堂話本』にも増して複雑である。『宝文堂書目』をはじめとする書目類にその単行本が著録され、あるいは『清平山堂話本』などに現にこれと多少字句を異にする話本が収められ、「小説」に淵源を持つことが明らかな作品がある一方、「小説」とは直接かかわりをもたず、馮夢龍をはじめとする文人の創作ではないかと推定される作品もある。もっとも『清平山堂話本』の諸篇とて、

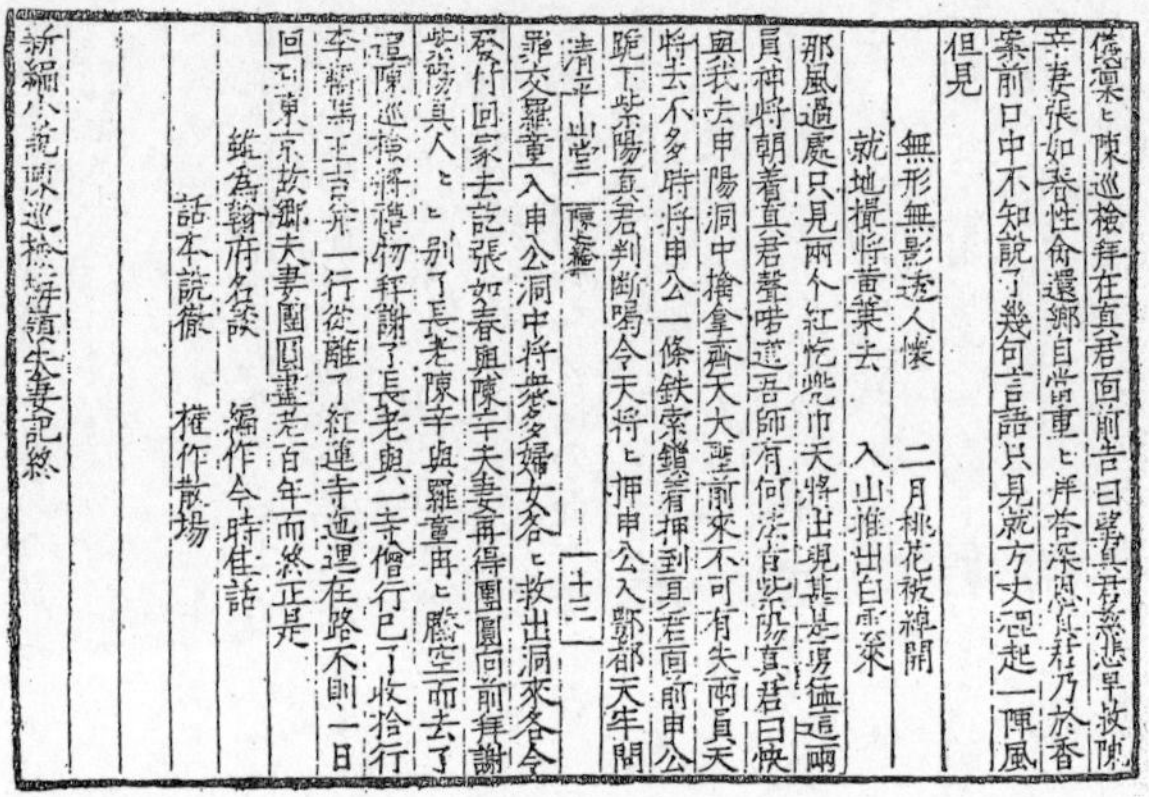

德凜々陳巡檢拜在真君面前告曰望真君慈悲早救陳
辛妻張如春性命還鄉自當重々拜答深恩真君乃於香
案前口中不知說了幾句言語只見就方丈裡起一陣風
但見
無形無影透人懷　二月桃花被綽開
就地撮將黃葉去　入山推出白雲來
那風過處只見兩個紅巾天將出現甚是勇猛這兩
員神將朝着真君聲喏道吾師有何法旨紫陽真君曰快
與我去申陽洞中擒拿齊天大聖前來不可有失兩員天
將去不多時將申公一條鐵索鎖着押到真君面前申公
跪下紫陽真君判斷喝令天將々押申公入酆都天牢問
清平山堂　陳巡檢　十二
罪又令羅童入申公洞中將眾多婦女各々救出洞來各令
發付回家去訖張如春與陳辛夫妻再得團圓向前拜謝
紫陽真人々々別了長老陳辛與羅童再々騰空而去了
這陳巡檢將禮物拜謝了長老與一寺僧行已了收拾行
李辭別王吉一行從離了紅蓮寺迤邐在路不則一日
回到東京故鄉夫妻團圓盡老百年而終正是
雖為翰府名談　編作今時佳話
話本說徹　權作散場
新編小說陳巡檢梅嶺失妻記終

図表 11-3　『清平山堂話本』「新編小説陳巡検梅嶺失妻記」巻末の一葉（内閣文庫蔵）

嘉靖以前の一無名氏の創作と考える説もあり、この無名氏を文人とみなすか、老郎ないし才人とみなすかにより、以下の議論は大幅にかわってくる。前者の立場をとるならこれらの作品についても小説とみなさざるを得なくなるからである。またこれとは別に元の陸顕《りくけん》之《し》に「好児趙正話」があるとの記載により、これを『酔翁談録』「小説開闢」の「趙正激鬧京師」、『宝文堂書目』の「趙正侯興」、ならびに『古今小説』巻三十六の「宋四公大鬧禁魂張」（趙正、侯興、宋四公などの盗賊が活躍する）にあて、陸顕之を元代のシナリオ作家、すなわち老郎ないし才人とみなす説もある。ただそうした作品にも馮夢龍の手が加わっている可能性を否定し得ないのであれば、一応そのすべてを馮夢龍の「作品」とみなすべきであろう。この立場に立ちつつ、確実に馮夢龍の手が加わっていると思われる作品を選び、それと話本とを比較することにより、馮夢龍の小説作家としての営為に潜む意識を探ってみることにしたい。だがその前に馮夢龍その人について語らなければならない。

馮夢龍

馮夢龍は万暦二（一五七四）年、今の蘇州市、蘇州府長洲《ちょうしゅう》県に生まれた。明一代を通じ蘇州に流れた自由の空気を吸って育った馮夢龍は、兄夢桂《ぼうけい》、弟夢熊《ぼうゆう》とともに若くして呉下の三馮と称された。しかし科場では蹉跌《さてつ》の連続で、晩年の崇禎三（一六三〇）年に貢生《こうせい》に補せられ、崇禎七年の福建寿寧《じゅねい》県知県となったのみで、三年後には退任している。しかし農民反乱が頻発し、関外から満洲族の後金《こうきん》（後の清）が侵入を繰り返す物情騒然たる世の中は、馮夢龍の退隠生活を許さなかった。明清鼎革期に南明政権支持を明らかにした馮夢龍は、『甲申紀聞』、『中興実録』、『中興偉略』などの書物を編纂し、顚《たお》れんとする大廈《たいか》を支えようとした（甲申とは明が滅びた崇禎十七年をさす）。しかし時代の趨勢はいかんともしがたく、憂憤のうちに唐王の隆武二（一六四六）年（清の順治三年）に死んだとされる。

三言のほか、『列国志伝』、『平妖伝《へいようでん》』の改訂、『山歌《さんか》』、『掛枝児《かいしじ》』、『笑府』などの民間文学、『情史』、『古今譚概《たんがい》』、『太平広記鈔《しょう》』などの読み物の編纂、さらには『墨憨《ぼっかん》齋《さい》定本伝奇』十四種（うち二種は自作）の編纂など、戯曲小説を中心に幅広い活躍をしたとされる馮夢龍は、中国の短篇小説史上第一に挙げられるべき人物であり、長篇を中心に活躍した余象斗が万暦の白話小説界を代表するなら、天啓、崇禎のそれを代表する人物であった。

柳七官人像の変化

『古今小説』巻十二に収められる「衆名姫春風弔柳七」は宋代の有名な詞人柳永《りゅうえい》、字《あざな》耆卿《きけい》をめぐる話であるが、幸い馮夢龍がもとづき書きかえたと思われる話本が残っている。その話本、『清平山堂話本』の「柳耆卿詩酒翫江楼記」のあらすじをまず紹介しておこう。

柳耆卿は排行《はいこう》が第七なので人よんで柳七官人という風流才子で、東京《とうけい》の有名な三人の花魁《おいらん》、陳師々、趙香々、徐冬々がその寵を争うほどのもてようであった。耆卿は江浙《こうせつ》路餘《よ》杭《こう》県宰として赴任するや、官塘《かんとう》の水辺にかつて遊んだ金陵《きんりょう》の翫江楼《がんこうろう》にならった楼を建て、同じく翫江楼と名づけ悦にいっていた。餘杭県には周月仙という美妓がおり、耆卿も憎からず思っていたが、肝腎の月仙がいっかな靡《なび》こうとしない。それもそのはず、月仙には黄員外《こううんがい》という思い人がいたのである。業を煮やした耆卿は月仙が毎夜黄員外をおとなうため渡し船を使うと知り、船頭に月仙を強姦させる。船頭からの復命を受けた耆卿は、つぎに月仙が宴にはべったおり、強姦された後月仙が詠んだ詩を歌う。羞じた月仙は以後耆卿に懇ろに仕えた。やがて任が満ちた耆卿は月仙と別れて都に帰った。

この話、宋代の官娼制度を知らなければわかりにくい面もあるが、自分の思い通りにゆかぬからといって船頭に強姦させ、しかもそれを公衆の面前であばくなどといった行為が決して褒められたものでないことは言をまつまい（このプロットは『英草《はなぶさぞう》紙《し》』巻四「三人の妓女　趣を異にして各《おのおの》名を成す話《こと》」の鄙路《ひなじ》の部分に取り入れられている)。これが許され、しかもそれが「今に到るも風月江湖の上《ほとり》、万古漁樵《ぎょしょう》話文を作《な》す」と結ばれるのは、ひとえに柳耆卿が風流才子だったからである。それほどこの話本成立期における風流の価値は高かったのである。しかし三言成立期にはそうした風流など許される状況にはなかった。それゆえ馮夢龍も三言にそのままこの話本を収めることはせず、『古今小説』の緑天館主人の叙、ならびに評を借りて「翫江楼、双《そう》魚墜《ぎょつい》記等の類の如《ごと》きは、又皆鄙俚《ひり》浅薄《せんぱく》にして、歯牙《しが》に馨《かおり》弗《な》し」、「翫江楼記 柳県宰の月仙に通ぜんと欲し、舟人を使い、計を用うを謂《い》う。殊《こと》に雅致を傷《そこな》う」と述べたのである。しかしそのまま棄ててしまうには惜しいと思ったのであろう、馮夢龍は『古今小説』の巻十二に「衆名姫春風弔柳七」と題する作品を収めるに際し、この話を書きかえ(当《まさ》に此の説を以て正と為《な》す)、挿話の形で生かしたのである。

孟浩然《もうこうねん》が玄宗の不興をかった話を枕《まくら》とする「衆名姫春風弔柳七」では、三人の花魁と別れた柳七官人が江《こう》州で謝玉英なる妓女と後日を約した話がまず語られ、その後に周月仙が登場する。ここで馮夢龍は話本の柳耆卿の役割を劉二員外に肩代わりさせる。破廉恥行為の黒幕の役割を劉二員外にかずけるとともに、黄員外を黄秀才とし、耆卿には月仙を助けてその恋を成就させる役割を受け持たせたのである。以下はこれに続く部分のあらすじである。

任満ちた耆卿は江州に玉英を訪ねるが、その負心を知り、「東京《とうけい》柳永　玉卿《ぎょくけい》を訪ねるも遇《あ》わず、漫《そぞ》ろに題す」と題する詞を残して立ち去る。都に戻った耆卿は呂夷簡《りょいかん》の求めに応じ、その誕生日を祝う千秋楽の詞をしたためる。その頃陳師々のもとに耆卿の深情けを知った謝玉英が訪ねて来て、師々の周旋で二人は元《もと》の鞘《さや》に収まる。ところが千秋楽に続けた西江月の詞が呂夷簡の怒りをかい、耆卿は屯田員外郎の職を罷免されてしまう。以後、柳三変と名を改めた耆卿は妓館を家に気ままに暮らした。数年後、玉帝の勅使を夢に見た耆卿は沐浴して死に、三人の花魁は玉英を喪主とし耆卿の屍を楽遊原《らくゆうげん》に葬った。

馮夢龍は巧みに話本を利用したばかりか、注意深く本文から翫江楼の名を隠したから、事情を知らず評も読まない読者には、これが敍で「鄙俚浅薄にして、歯牙に馨弗し」とされた翫江楼にもとづくとはわからなかったに相違ない。かくして柳耆卿の人物形象は一大変化をとげ、馮夢龍にとって好ましいそれに様変わりしたのである。

第十二章　伝奇から小説へ――礼教と女性の運命

第十一章では話本と小説の関係について論じた。本章は伝奇小説が直接小説化される際、どのように改変されるかを、明代の伝奇小説集『花影集』を例に、儒教倫理社会における女性の孝と貞の問題とあわせて考えてみたい。

劉小官雌雄兄弟

まずはヒロインの努力により幸せをつかんだ『醒世恒言』巻十「劉小官雌雄兄弟」を取り上げる。あらすじはつぎの通りである。

宣徳（一四二六―三五）の頃、北京にほど遠からぬ運河ぞいの河西務鎮《かせいむちん》に酒屋を営む劉徳という子のない男がおり、大雪の日に十二歳の男の子をつれた老軍人方勇を救ける。翌朝方勇は発熱し、男の子と劉徳夫婦の看病もむなしく死んでしまう。男の子は劉方と名を改め、父の軀《むくろ》を裏の空き地に葬ったうえ劉徳の息子となった。二年後の晩秋の頃、劉徳父子はうち続く風雨で増水した運河から竹の箱をだいた少年劉奇を救ける。竹の箱は両親の遺骨をいれたものであった。体力をとりもどした劉奇は遺骨を葬ろうと故郷に帰る。だが故郷は黄河の氾濫で荒れ果て、遺骨を葬る場所もない。思い余った劉奇は河西務鎮に帰り、劉徳夫婦を父母にあおぎ、その裏庭に両親の遺骨を葬り、方の三つ違いの兄となった。やがて劉徳夫婦が死に、兄弟は相談のうえ三家の父母を合葬し、酒屋をたたんで布店を営む。二人が寝食をともにしてがんばった甲斐あって商売は順調。兄弟のもとには縁談が舞い込む。二十二歳となった劉奇はしごく乗り気だが、劉方はいっかな受けつけようとしない。劉奇がその意をただそうと、「巣を営む燕、双双雄たり。朝暮泥を銜《くわ》え辛苦を同じくす。若《も》し雌を尋ね殻卵《かくらん》を継がずんば、巣成るも畢竟《ひつきよう》巣は空に還《かえ》らん」と詞を詠む。すると、「巣を営む燕、双双飛ぶ。天雌雄を設け事久しく期す。雌は雄を得て願い已《すで》に足るも、雄は雌を将《ひき》いるに胡《なん》ぞ知らざる」との返事。そういえば、ここ数年同じベッドで寝ているが弟はついぞ着物を脱いだことがなかったと悟った劉奇は、礼をふみ、日を選んで劉方と夫婦になった。二人は五男二女を生み、子孫は栄え、人は今に至るもその地を劉方三義村とよんでいる。

男装の目的

劉方はなぜ男装をし、何年もの間みずからが女であることを隠し続けたのであろうか。この間の事情を劉方はつぎのように語っている。

劉奇接《と》り来て看《み》了て、便《すなわ》ち道《い》う、「原来《もとより》賢弟は果して是れ女子なり」と。劉方言を聞きて羞《は》じ得て満臉通紅《かおうちあかく》なり、未だ答言するに及ばず。劉奇又道う、「你《なんじ》と我 情骨肉に同じ。何ぞ必ずしも避諱《ひき》せん。但識らず賢弟昔年甚《なに》に因《よ》りて此《かく》の如く粧束《しょうぞく》す」と。劉方道う、「妾《わらわ》初め母の喪に因り、父に随って郷に還《かえ》る。途中不便ならんことを恐れて、故《ことさら》に男扮《だんふん》を為《な》す。後父歿して尚浅土に埋《うず》み、未だに母と同葬を得ざるに因り、妾故に敢えて形を改めず、一の安身の地を求め、以て先霊を厝《お》かんと欲す。幸いに義父の此の産業を遺《のこ》すを得て、父母の骸骨。以て土に帰することをう。妾是の時意説明せんと欲すれども、因りて思うに家事尚微なり、恐らく兄独力に成し難からん。故に復遅遅たり。今兄屢《しばしば》妾に婚配を勧むるを見る。故に自《みずか》ら明らめざるを得ず」と。劉奇道う、「元来賢弟此の一段の苦心を用いて大事を成全す。況《いわん》や我と你と榻《とう》を同じくすること数年、一毫《いちごう》の圭角《けいかく》を露わさず。真に乃ち節孝兼全、女中の丈夫なり。敬う可く羨《うらや》む可し。……(岡白駒『小説奇言』巻二にもとづき書き下し文とした)

劉方の男装はそもそも旅の便宜のためにほかならなかった。女連れの旅はそれがたとえ子供であっても危険であったし、未婚の娘を一人家に残すことにも問題があった。方勇は我が身の安全とやがて嫁ぐべき娘の貞潔のために、男装のうえ同行させるという方法を選んだのである。この間の事情を、「劉小官雌雄兄弟」と同様の筋立てをもち、同じく明の弘治《こうち》年間(一四八八―一五〇五)の実話にもとづく『古今小説』巻二十八「李秀卿義結黄貞女」で見てみよう。そこでは、劉方にあたるヒロインの黄善聡《こうぜんそう》は黄老実《まじめ》とよばれる行商人の次女で、十二歳の時に母を亡くし、姉がすでに嫁していたため、「女児在家、孤身無伴、沉且年幼未曾許人、怎生放心得下。待寄在姐夫家、又不是個道理。若不做買売、撇了這走熟的道路、又那裏尋幾貫銭鈔養家度日(娘が家に残れば、一人ぼっちになる。ましてや幼くいまだ婚約もしていないから、安心などできようか、姉の夫の家にあずけるのも、道理にはずれる。もしこの商売をせず、なれた生業を打ち捨てるなら、どこで銭を稼いで暮らしてゆけようか）」「有計了。我在客辺没人作伴、何不将女仮充男子、帯将出去。且待年長、再作区処（そうだ。旅先では連れはいないのだし、娘を男装させて連れてゆき、大きくなるのを待ってから考えよう）……」と考える黄老実によって男装させられたとされている。多少状況は違うが、おそらく方勇も同様な考えから劉方を男装させたに相違ない。

女性の孝と貞

劉方が父の死後も男装を続けた理由も先の説明で一応納得がゆく。母の軀が眠る北京に旅し、それを運んでくることなど、未だ室家を出でざる女人のよくなし得る所ではない。だがかわってこれに任ずべき兄弟とてない天涯孤独の身の上であってみれば、男装を続けたのもやむを得ざる緊急措置とみなせよう。しかしそれだけが劉方の男装の原因とは思えない。一男半女といわれ、子持ちの理想が五男二女とされる中国での女性の地位は低かった。劉徳夫婦にしても、劉方を女と知って子として遇したかは疑問といわざるを得ない。それは、「天賜《たま》わって我に与えて嗣《し》と為《な》さしむなり」との言葉に端的にみてとれる。女は嗣とはならないのである。劉奇が兄となって以後の方の気持ちは複雑であったろう。「劉徳夫婦に嗣ができた今、女に戻ろうと思えばいつでも戻れる。劉徳夫婦もいまさら気心の知れた自分を追い出しはしまいし、おそらく新たに息子となった劉奇との結婚を望むであろう。劉奇なら望むところである。」劉方は自分が女であることを明かす機会を見計らっていたはずである。

しかし劉徳夫婦の死にともない、この望みが他律的にかなえられる機会は失われる。しかも時の経過とともに、他に嫁ぐ可能性さえ失われる。ひとつのベッドで何年も過ごした男女の間に何事もなかったと誰が信じよう。ここでまた先の「李秀卿義結黄貞女」を援用しよう。七年間善聡が李秀卿といっしょに暮したと聞いた姉は、「原来如此、你同個男子合夥営生、男女相処許多年、一定配為夫婦了。自古明人不做暗事、何不帯頂髻児。還好看相。恁般喬打扮回来、不雌不雄、好不羞恥人（そういうことだったの。お前が男の人と一緒に商いをしていたのなら、男女がそこばくの歳月いっしょにいたわけだし、もう夫婦になっているんだろうね。昔から、公明正大な人は陰でこそこそしないっていうよ。まげをつけておれば、まだ少しは見られるのに、そんな変な格好をして、男だか女だか分かりやしない。本当にはずかしい」と妹の善聡を罵り、妹の貞潔が証明されてはじめて両人は抱き合って泣くのである。話をもとにもどそう。もちろん劉方には他嫁する気持ちはさらさらなかった。劉方が劉奇と男女の仲になるのは簡単であった。しかしこの方法をとった場合、それまで守って来た自分の貞潔が世に明らかにならないばかりか、逆にふしだらな女と後ろ指をさされるおそれがあった。第一それでは正妻となれるとは限らず、たとえなれても劉奇に軽んじられ、妾をおかれ、女遊びにふけられるかも知れなかった。劉方に残された道はただひとつ、奇との正式に段取りをふんだ結婚のみであった。だが自分からはそれを言い出せはしない。そこにジレンマがあった。身の貞潔を守りつつ、奇に自分が女であることをそれとなく悟らしめねばならなかったのである。劉方はこの難事を見事にやりおおせてみせた。劉方が世に賞賛されるゆえんの大半もここにあろう。ただ劉方は繋累がまったくなく、劉奇が君子人であったぶん恵まれていた。姉夫婦がいた黄善聡はその体面を気にし、貞潔が証明された後も、秀卿の結婚申し込みに、「嫌疑之際、不可不謹。今日若与配合、無私有私、把七年貞節、一旦付之東流、豈不惹人嘲笑（疑われている際には、より一層慎重でなければなりません。もし今日この場で夫婦の約束をしたら、無かったことも有ったことになり、七年間守り通してきた貞節がたちまち水の泡になってしまい、世間の物笑いとなってしまいます）」と首を縦に振ろうとせず（実は出来ず）、守備太監李公の出馬がなければ永年の望みも烏有に帰せざるを得なかったのである。たとえ苦心して男にみずからが女であることを示唆しても、男がそれに気づかなかったり、気づいた男が暴力的な手段をとったりしたら、せっかくの苦心も水の泡であった。事実、男が鈍感なばかりに不幸な結末を迎える話も存在するのである。

劉方三義伝

「劉小官雌雄兄弟」にはもとづく伝奇小説「劉方三義伝」（『花影集』巻一所収）が存在する。不幸な話について語る前に、まずこの両者の相違点を確認しておく必要があろう。その際問題となるのが「劉方三義伝」では劉奇に妻がいた点である。劉奇の妻李氏は奇と同時に救助されはしたが、遭難のショックで流産し、続いて自身も死んだとされるから、その存在自体は物語の進行にさしたる影響を及ぼさない。だが状況設定におけるこの相違はなかなかに重大である。このことから推測されるように、「劉小官雌雄兄弟」は「劉方三義伝」を意図して改作している。この点、前記引用部分に相当する場面を引くことによって見てみよう。

奇曰く、「若《も》し然らば弟実は木蘭《もくらん》為り。胡《なん》ぞ明言せざる」と。方但《ただ》首を傾くるのみ。奇復曰く、「既に兄弟《けいてい》と成らずんば、当に兄妹と為《な》るべきか、而《しか》して或《あるい》は夫婦と為るか」と。又答えず。惟含泣するのみ。之に問うこと再肆《さいし》。方徐《おもむろ》に曰く、「若し兄之を妹とすれば、妾理として応《まさ》に人に適《とつ》ぐべし。妾の父母の墳、永く寄託の柩と為らん。妾初め母の喪に因り、父と同じく郷に還《かえ》る。途に便ならざるを恐れ、故《ことさら》に男弁を為す。既に父歿するに因り、妾の形を改めざる者《は》、身を致す所を求め、以て父母の柩を安《やす》んぜんと欲すればなり。幸いに義父児《こ》無く、斯の財産を得たり。兄と遭遇するも、復是れ仁人なり。此れ人謀に非ず、実に天合を蒙《こうむ》るなり。倘《も》し兄賤陋《せんろう》を棄てずんば、三家の後をして永続し、三義の名をして不朽なら使《し》めん」と。

「劉小官雌雄兄弟」では完全に受け身に立ち、おのれの希望を一言も述べることのなかった劉方が、ここではしっかりと自己主張をしている点が目を引く。劉方の女丈夫ぶりはこれに引き続く部分にさらによく現れている。驚喜して、「方に揖《えしゃく》し寝《しん》に就かんとす」る奇に対し、方は、「非礼なり。須《すべか》らく明日を待ち、三墳に祀告《しこく》し、妾が為《ため》に粧物を弁じ、親隣に照会して乃ち可なり」と言い放つのである。「劉小官雌雄兄弟」の「劉方三義伝」との相違、婦唱夫随を夫唱婦随としたことは、両者の中間に話本の存在を確認し得ない以上、馮夢龍の加筆にかかるものと考えるほかないが、それほど上出来ともいえまい。なお劉奇のいう木蘭とは、父に代わり、長年にわたって男装して従軍し、女子であることを悟られることなく帰還したいにしえの孝女のことで、「木蘭辞」が有名である。

梁山伯と祝英台

不幸な話にもどろう。唐の張読《ちょうどく》の『宣室志《せんしつし》』にはつぎのような話があったとされている。

英台は上虞《じょうぐ》祝氏の女《むすめ》にして、偽《いつわ》りて男装を為《な》し遊学し、会稽《かいけい》の梁山伯《りょうさんぱく》なる者と同《とも》に業を肄《なら》う。山伯字《あざな》は処仁なり。祝先んじて帰る。二年して山伯之を訪《おとな》い、方《はじ》めて其の女子為るを知り、悵然《ちょうぜん》として失う所有るが如《ごと》し。其の父母に告げ聘《へい》を求む。而《しか》して祝已に馬氏の子に字《やく》す。山伯后《のち》に鄞《ぎん》の令と為《な》りて病死し、鄮《ぼう》城の西に葬《ほうむ》らる。祝 馬氏に適《とつ》ぎ、舟 墓所を過《よ》ぎる。風濤《ふうとう》により進む能《あた》わず。問いて山伯の墓有るを知り、祝 登り号慟《ごうどう》す。地忽《たちま》ち自《おの》ずから裂陥す。祝氏遂に並びて焉《ここ》に埋む。晋丞相謝安 其の墓を奏表し「義婦冢」と曰う。

この話は女性に結婚相手を選ぶ権利がない（実は男性にもなかったのだが）儒教倫理社会の悲劇を描いたものだが、後半は先行する『捜神記』巻十一の韓憑《かんぴょう》妻に類する。妻何《か》氏を宋の康王に奪われた韓憑が自殺し、これと示し合わせた何氏も身を投げて死ぬ。王は二人の屍を道をはさんで別々に埋めさせたが、たちまち梓の樹が生え、地下では根を、頭上では枝をからませあい、雌雄の鴛鴦《おしどり》が樹上に鳴きかわしたという相思樹をテーマとするこの話は、敦煌から「韓朋賦《かんぽうふ》」が発見されているように、おそらく民間に語り継がれていたものと考えられる。一方の梁祝説話も民間文学に、戯曲にと唐以降語られ始めたことが知られる。「孔雀東南飛」、韓憑妻（韓朋賦）、梁祝説話と続く草の根の作品を承け、本来死して義婦冢に葬られるはずだった劉方をしてその目的を達せしめ、三義村の話とした『花影集』の作者陶輔の手腕はなかなかのものといえよう。

陶輔の手腕のほどを知るため、いまひとつ別の作品、巻三の「心堅金石伝」を見てみることにしよう。そのあらすじはつぎの通りである。

心堅金石伝

元の至元年間のこと、松江《しようこう》府学には三層の楼があり、官妓の居に隣接していた。ある日学生李彦直《りげんちよく》、字玉郎が学友とこの楼で詩を詠んでいると先生が不意に帰館した。あわてた玉郎がまるめて放り込んだ詩稿を角妓張麗容《ちようれいよう》が手に入れ、詩を和して投げ返し、二人は結婚を約する。反対していた父も玉郎の憔悴ぶりに我《が》を折る。ところが右丞相伯顔《バヤン》への手土産として阿魯台《アロタイ》が麗容に目をつける。玉郎父子は麗容を救うべく八方手を尽くすが術がない。舟に載せられた麗容は、「死別生離 天を怨《うら》むる莫《な》れ、此の身已に許す黄泉《こうせん》に入るを。願わくは郎珍重し懸望《けんぼう》する休《なか》れ、擬《ぎ》して待たん来世にこの縁の続くを」なる詩を残して飲食を絶つ。しかし張嫗《おう》に、「汝死するは故《もと》より是れ節義なれど、我必ず其の害毒に遭《あ》わん」と諌められ、絶食死は諦める。玉郎は徒歩でこの舟を追い、終夜舟の繋留所で泣き明かすこと二月ばかり、臨清《りんせい》につく頃には痛ましさのあまり一目見た麗容が気絶するほど変り果てる。母ゆえに自殺出来ない苦衷を麗容に訴えられ、家に帰るよう勧められた玉郎は大慟《どう》一声、その場に死ぬ。麗容もその晩自縊《じい》した。怒った阿魯台は麗容の遺骸を裸にして焚《た》く。荼毘《だび》の火がおさまっても心臓だけはもとのまま。なかから金色で石のように堅い玉郎の人型《ひとがた》が出て来る。玉郎の死体からも同様な麗容の人型を得た阿魯台は、これを心堅金石の宝として伯顔に献上する。ところがこれが腐血の固まりと変わっていて、阿魯台は罰せられる。

霞箋記における改悪

作者不明の『霞箋記《かせんき》(一名情楼迷史)』はこの「心堅金石伝」にもとづく中篇小説である。細かい差異は別として、両者最大の相違は結末にある。『霞箋記』では麗容と玉郎は末永く添い遂げることになっている。もちろん都への途次に死ぬこともなければ、二人の心臓が心堅金石の宝となることもない。従ってそれは「心堅金石伝」たり得ず、その前半のストーリーのみ借りた新たな創作となっている。そのあらすじを、麗容が伯顔に献上されて後にしぼり、簡単に紹介してみよう。

伯顔の妻は麗容に寵が奪われることをおそれ、これを太公に差し出す。太公は麗容を公主降嫁の際の侍女とする。玉郎は麗容と中表《ちゅうひょう》の親《しん》と偽《いつわ》り伯顔の邸に乗り込むが、麗容はすでに宮中の人、やむなく科挙に備える。公主降嫁の日、夜番に化けた玉郎と壁越しに話す機会を得た麗容は以来気もそぞろ。一月余りのち、公主に問い詰められ、玉郎との関係を打ち明ける。おりもおり、状元となった玉郎が駙馬《ふば》公（公主の夫）のもとへ参上する。駙馬公は昔玉郎が麗容と詩をかわした霞箋を見せたうえ、玉郎に麗容を贈る。

『霞箋記』の成立時期は定かでないが、第十四章に詳述する才子佳人小説への変貌ぶりからみて、それが清代、それも才子佳人小説が全盛を迎える中期以降のことは容易に知り得る。だが「心堅金石伝」から『霞箋記』のふやけた結末への書き換えは、どうひいき目にみても成功とは言いがたい。白話で悲劇が書かれるまでには、いましばらく時間が必要だったのである。

嫌疑と恥辱

明末に刊行された短篇小説集『貪欣悞《たんきんご》』に「劉烈女」と題する一篇がある。あらすじはつぎの通りである。

浙江杭州府に住む劉鎮の娘大姑《だいこ》は輿入《こしい》れを八月に控えた五月一日、龍舟見物のおり、向かいの張阿官にその姿を見られてしまう。阿官は劉鎮の隣家を借り、夜を待って忍び込む。騒がれていったんは劉鎮に捕まるがあやうく逃げ出す。逆恨《さかうら》みした阿官は大姑の手引きで忍び込んだと言いふらす。大姑は恥じて縊死する。阿官の父は劉鎮に和姦ということで示談を求め、劉鎮もこれに応ずるが、大姑が霊験を現し、阿官は結局斬罪となった。

儒教倫理社会に生きる大姑にとって、和姦の風評が立つことそれ自体が恥辱であった。女性である大姑にとってその嫌疑を晴らす術は自殺しかなかったのである。そうまでして守らなければならなかった貞潔が、死後むざと汚されるとあらば、霊験も現そう。そもそも公判への出廷などは人目に触れ、ことによれば縄目の恥さえ受けぬとも限らないものであって、包公のごとき名裁判官が担当でもない限り、女性ならずともすべきものではなかったのである。それゆえこの話も女はやたら人目に触れないようにしなければならないと結ばれているのである。黄善聡が李秀卿の申し込みを断らざるを得なかったのも嫌疑をおそれたからなのである。

第十五章で紹介する『儒林外史』第四十八回には、夫に先立たれた娘の絶食死を知り、「死的好（よくぞ死んだ）」と喜ぶ士人の話が出てくる。魯迅が「救救孩子（子供を救え）」と叫び、その「吃人（人食い）」ぶりを「狂人日記」で攻撃した儒教倫理の支配する旧社会の実態とはこのようなものであった。女が貞潔を守って一生を終えるには、平和な世にあっても深窓に閉じ籠もらねばならず、乱世にあってはそれこそ陳平の六出の奇計ならぬ七出の奇計を駆使し（李漁の『無声戯《むせいぎ》小説』第五回「女陳平計生七出」。同話は『連城璧外編《れんじょうへきがいへん》』巻二にも収められる）、男装によって女であることを悟られぬようにしなければならなかったのである。誠に女性にとっては生きにくい世の中であった。

第十三章　白蛇伝の変遷――民衆のはぐくむもの

中国の文豪魯迅は、その随筆集『墳』の「論雷峰塔的倒掉《らいほうとうのとうかいをろんず》」のなかで、杭州西湖《せいこ》のほとりにそびえる雷峰塔にまつわる白蛇の話（以後白蛇伝と称する）を祖母から聞かされたと述べている。魯迅の故郷は杭州とは銭塘江《せんとうこう》をへだてた紹興《しょうこう》で、今日では列車で一時間ほどの距離にある。

白蛇伝の代表作は『警世通言』巻二十八の「白娘子永鎮雷峰塔」と、これにもとづき表現を簡潔にしたとされる古呉墨浪子《こごぼくろうし》編『西湖佳話』巻十五の「雷峰怪蹟」であろう。だが民衆に愛好された白蛇伝はその後も戯曲、八角鼓《はっかくこ》、鼓詞《こし》、子弟書《していしょ》、宝巻《ほうかん》といった主に俗文学において新たな作品を生み出し続けた。本章はこの白蛇伝の成立前史から今日にいたるまでを、それを文章に記しとどめたいわゆる文人ではなく、それを語りはぐくんだ民衆に重点をおいて論じようとするものである。

馮夢龍の白蛇伝

白蛇伝は上田秋成《うえだあきなり》の『雨月物語』巻四「蛇性《じやせい》の淫」に翻案されており、林房雄の『白夫人の妖術』やアニメ映画の原作として有名で、いまさらの感もないではないが、論を進める都合上、「白娘子永鎮雷峰塔」により、簡単にそのあらすじを紹介しておきたい。

宋の紹興年間のこと、杭州臨安府のおじ李将仕の薬局に働く許宣は、清明節《せいめいせつ》の墓参の帰途、雨の西湖で腰元青青《せいせい》をともなった白娘子《はくじようし》にあい、傘のとりもつ縁でこれと結婚することになる。だが結婚資金にと白娘子がくれた銀が邵《しよう》大尉の庫内から紛失した物だったとわかり、許宣は蘇州に流罪となる。跡を追って来た白娘子と結婚した許宣は、四月八日に承天寺に参詣しようと白娘子の出した衣装に着替えるが、これも周将仕の質庫からの紛失物とわかり、こんどは鎮江《ちんこう》に流される。二人はここでもいっしょに暮らすが、法海禅師に妖怪と見破られ、白娘子らはみずから江中に沈む。許宣は孝宗即位の恩赦で杭州の姉の家に戻る。だがそこには白娘子と青青が待ち受けていた。進退きわまった許宣は自殺を図るが、おりよく現れた法海禅師から鉢盂《はつう》を授けられ、それを白娘子にかぶせて押さえつける。法海禅師は白娘子と青青に正体を現させたうえ、鉢盂ごと雷峰寺の前に埋め、そこに七層の塔を建て、「西湖の水乾き、江湖（潮）起こらず、雷峰塔倒れなば、白蛇世に出でん」との偈《げ》を作り、白蛇と青魚の二怪の鎮《しず》めとした。許宣はそのまま雷峰塔で出家した。

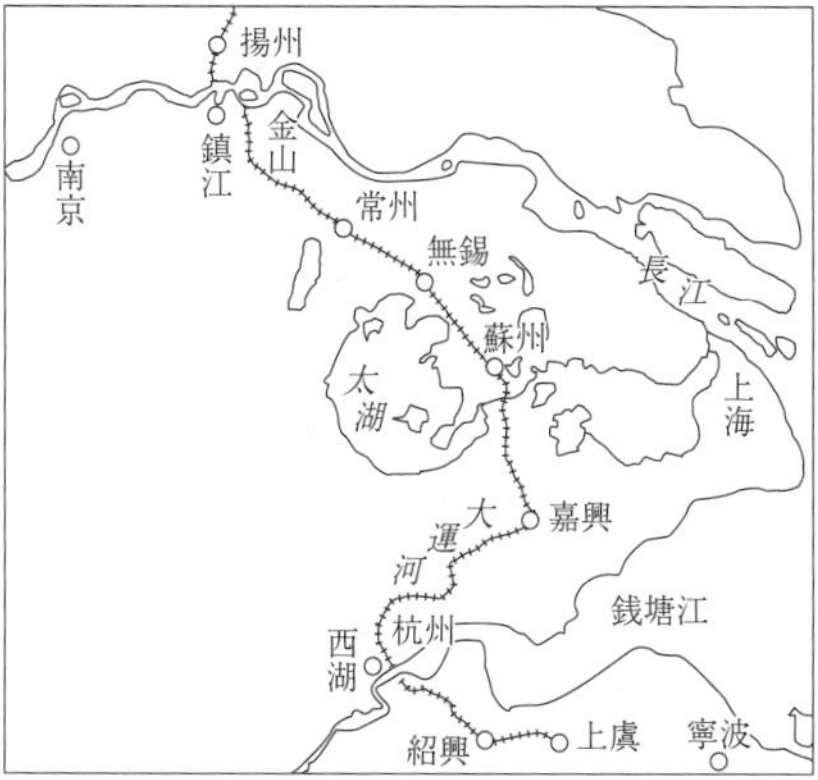

図表 13-1　白蛇伝関係略地図

雷峰塔が建立されたのは五代の頃で、宋の孝宗の頃ではないし、塔も実際は五層であったが、これを白蛇伝の典型とみてさしつかえあるまい。爾後《じご》の白蛇伝は、雷峰塔に封じ込められた白娘子が子の士《し》麟《りん》の願いによって呪縛を解かれるという新展開をみせる。魯迅の先の評も、中華民国十三（一九二四）年九月二十五日に実際におこった雷峰塔の倒壊をきっかけに、法海和尚に対する民衆の気持ちを代弁したものであった。曰く、「白蛇さまを気の毒に思わなかったり、法海がでしゃばりすぎると咎めだてしなかったりする者が、いったい一人でもいるかどうか」と。

西湖の怪の物語

白蛇伝は複数の要素が聚合してできている。以下それを西湖の怪にかかわる要素と、白蛇にかかわる要素とに分け、順に論じてみることにしよう。

西湖の怪を題材とする話の代表としては、『熊龍峯四種小説』の「孔淑芳双魚扇墜記」、さらには『清平山堂話本』の「西湖三塔記」を挙げることができる。「西湖三塔記」は孝宗淳熙年間の臨安府を舞台とする、奚宣賛《けいせんさん》なる若者の災厄譚《さいやくたん》の形をとる。この話は白蛇伝と同様清明節の西湖を背景に、若い男を捕らえてはその精を吸い、果ては生き胆までとるという烏鶏、獺《かわうそ》、白蛇の精が、奚真人により西湖湖中の三塔に封じ込められる始末を語るものであった。三塔は杭州に二度赴任し蘇堤を築いたことで知られる蘇軾が建てたものだが、当初のものは弘治年間（一四八八―一五〇五）の時点で湮滅していたという。塔が存在していなければそれを妖怪を封じ込めたものと喧伝

図表 13-2　『西湖十景』の雷峰塔

するわけにはゆかないし、今も残っている（至今古迹遺踪尚在）とはいえまい。「西湖三塔記」が語られ得るのは蘇軾建塔以降、その湮滅までであったろう。では「西湖三塔記」の成立と白蛇伝の成立とではどちらが先なのか。

三怪の話

ここで視点をかえよう。西湖が舞台ではないが、同じく三怪が登場する作品に、『警世通言』巻十九の「崔衙内白鷂招妖（古本作定山三怪、又云新羅白鷂）」や『清平山堂話本』の「洛陽三怪記」があった。このうち「洛陽三怪記」は『西湖三塔記』そのままの筋立てをしている。おそらく両者のいずれか一方が他方をモデルとしたものであろう。ただその事実関係を明らかにすることは極めて難しい。文体、用語などからみて、ともに相当古い来歴のもの、おそらく宋代成立のものと考えられているからである。

話本、小説ばかりでなく、志怪書の中にもこれに類する話を見いだすこともできる。『鬼董』巻二の第一条などがそれである。

秦熺《しんき》の客人で西湖に居を定める周浩《しゅうこう》は、隣邸の白衣の少婦李氏を妻に、観濤のおり心を引かれた少女を妾にする。はじめは仲睦まじかった二人だが、のち殴り合いの末、双方とも口から黒煙を吐き出し煙とともに消えてしまう。恐れた浩は伝法寺の僧坊に居を遷す。元日に秦氏のもとを訪れようと寺門を出た浩のもとに妻が現れ、城中の居に誘い、そこで歓を尽くす。翌日浩は望仙橋の下で水につかって発見される。数日床に臥した浩は恐れて秦氏のもとへ居を遷すが、今度は妾がやって来る。ふらふらと妾を泊めた浩は翌朝池のなかで発見される。秦氏が道士をよぶが、それも験がなく、二女は隔夜にやって来る。時中《じちゅう》によれば白衣は西湖の鱉《べつ》、少女は銭塘江の獺で、速やかに浩を救わないといずれは溺死するといい、江湖神に檄を飛ばして二怪を繋がせたが、法により殺すことは許さなかった。

この話、怪の数も三ではないし、そもそも白蛇が出てこない。だが白衣の鱉は白蛇に通じよう。鱉は亀の一種であり、亀と蛇は一体となり玄武《げんぶ》となるからである。殺さず封じ込めたらしい点も「西湖三塔記」と符合する。しかもこの話には「西湖三塔記」と同様獺の精が出てくるうえ、それは六和塔《りくわとう》に住んでいたという（ちなみに獺が女に化けて害をなす話は『捜神記』巻十八「丁初」などにみえる）。『鬼董』のこの条と「西湖三塔記」との間に何らかの関係を想定してもさほど不当ではあるまい。『鬼董』は紹定二（一二二九）年以降の南宋の成立を推定される書物であった。

三怪や三害はいつの世にもあるもので、万暦三十七年の『銭塘県志』外紀の紀異は、雷峰塔の項目に青魚、白蛇の妖をあげたのち、金沙灘《きんさたん》の三足蟾《ひきがえる》、龍舌嘴曳鍊《りゅうぜつしえいれん》の猴《さる》、満覚衖遮道《まんがくこうしゃどう》の蟒《うわばみ》を三害としてあげ、清・陸次雲《りくじうん》の『湖壖《こぜん》雑記』は、洪昇《こうしょう》（一六五九―一七〇四）が旧伝によって金沙灘の三足蟾、流福溝《りゅうふくこう》の大鱉、雷峰塔の白蛇を杭州の三怪として挙げるのを引用する。

「西湖三塔記」にはすでに白蛇の精が登場している。それゆえ西湖の怪と蛇（白蛇）の怪とは峻別して論ずべきではないかも知れない。だが『太平広記』巻四百五十八「李黄（出博異志）」が引く唐都長安でおこった白蛇の怪の話が「白娘子永鎮雷峰塔」の杭州の廃園に住まう白娘子という設定に与えた影響は否定し得ないし、『夷堅志』支戊志巻二「孫知県妻」の行水のぞきの趣向が「白娘子永鎮雷峰塔」の李克用《りこくよう》の厠《かわや》のぞきのそれに、志補巻二十二の「銭炎書生」が法師による巨蟒《きょぼう》の調伏という趣向に与えた影響も見逃せないならば、やはり別に論じておく必要があろう。

雷峰塔が隣接する浄慈寺《じょうじじ》の歴史を記す『勅建浄慈寺志』巻二十二雑記は、次のような話を収める。明の嘉靖初に長爪《ちょうか》和尚なる僧が雷峰塔に寄宿していた。すると巨蟒《きょぼう》《おおへび》がやって来て塔を繞り、ついになかに入って蟠踞した。外は雷が轟き、蟒は呑まんとする勢を示す。だが長爪和尚に一喝され去ったと。また宋時方家《ほうか》峪梯雲嶺《よくていうんれい》での出来事として、つぎのごとき話も記されている。龍山守備軍のもとに大きな白蛇が現れる。守備軍兵士はよってたかってこれを打ち殺す。翌朝籃《かご》に光輝く蕈《きのこ》をもった白衣の女が嶺をおりて来る。兵士等はこれを奪って煮て喰《くら》う。昨日蛇殺しを止めた余姓の軍人のみ頭痛で寝込んでいて蕈を食べそこなう。余姓が、「此の蕈毒有り。君我を害せず。請う之を食《く》らう莫《な》かれ」と女が言うのを夢見て目を覚ますと、蕈を食べ終えていた兵士たちは皆血を吐いて死んでいたと（宋・龍明子『葆光録』巻三による）。古来白蛇は白衣の女に化けるものだったらしい。

このほか呉従先《ごじゅうせん》の『小窗自紀《しょうそうじき》』巻四紀記の「遊西湖紀」が記す「宋の時法師鉢もて白蛇を貯《たくわ》え、塔を以て之を覆《おお》う」の記事も見逃せまい。『小窗自紀』は万暦四十二年の刊行であった。また『夷堅続志』後集巻二「盧《ろ》六祖」が記す、六祖慧能《えのう》が害をなす孽龍《げつりゅう》をだまして小さくさせ、その機に乗じて鉢盂に載せたという話もこれとの関係で興味深い。

嫉妬と蛇

『夷堅志』に先立つ韋《い》炳文《へいぶん》の『捜神秘覽』巻上「化蛇」の条は杭州雷峰庵広慈大師のこととして、つぎの話を記す。秀才孫来章の妻が婦徳を守らぬがゆえに蛇となり、夫の夢に現れ、我が身をあがない、広慈大師のもとで仏事を勤めさせてくれと告げる。

孫が仏事のあと蛇を雷峰の道端にはなすと、往生したと告げる妻を夢に見た。元豊《げんぽう》五（一〇八二）年のことであると。広慈大師は釈慧才《しゃくえさい》のことで、晩年雷峰塔下に退居し、元豊六年に亡くなったという。

婦徳を守るとは、やきもちを焼かず、『金瓶梅』の主人公西門慶《せいもんけい》の第一夫人呉月娘《ごげつじょう》のごとく振る舞うことをいうが、嫉妬ゆえ蛇に姿を変える話はなにも「化蛇」が最初というわけではない。梁の武帝の郗《ち》皇后の場合は蛇ではなく龍であるが、これも同様に考えてよかろう。『太平広記』巻四百十八の「梁武后」は『両京記』を引きつぎのように述べている。

梁武郗皇后性妬忌《とき》なり。武帝初めて立ち、未だ冊名《さくめい》に及ばず。忿怒《ふんど》に因って忽ち殿庭井中に投ず。衆井に趨《はし》り之を救う。后已に化して毒龍と為《な》り、煙焰天を衝《つ》く。人敢えて近づく莫《な》し。帝悲歎之を久しくす。因って冊して龍天王と為し、便《すなわ》ち井上に祠を立つ。

鎮江の金山には金山江天寺がある。法海和尚がいたとされる金山寺のことであるが、ここは『西遊記』で生まれたばかりの赤子、のちの三蔵法師が流れつく寺でもあった。許宣が遊山に出掛け、法海禅師とあう七月七日はこの江天寺の英烈龍王の生日であった。江天寺は江南仏教の中心地であったが、そこでは仏事の際盛んに梁皇讖《りょうこうざん》を用いた。

図表13-3　金山江天寺

梁皇讖とは郗皇后が梁の武帝の夢枕に立ち、みずからの破戒行為ゆえに蛇になった旨を告げ、供養を求めたことを内容とする一種の懺悔録であった。それゆえとりわけ女性の追善供養に誦されることが多かったらしい。『金瓶梅』第六十五回で李瓶児《りへいじ》の三七日《みなのか》の供養に用いられているのがその好例である。金山江天寺が白蛇伝の舞台となったのは、決して偶然ではないのである。

白蛇伝の成立

では白蛇の白娘子と青魚の青青の組み合わせによる白蛇伝はいつ頃成立したのであろうか。先の『銭塘県志』に「雷峰塔、青魚、白蛇の妖を鎮むと相伝う。父老子弟転《つた》え相告ぐるなり。嘉靖の時羊角を摶《う》ち上る。便ち謂《い》う両妖毒を吐くと。迫り之を視《み》れば、聚虻《しゅうぼう》のみ」なる記事があるが、嘉靖から万暦にかけては、同様な記事に事欠かない。虞淳熙《ぐじゅんき》は万暦十一年の進士で天啓五年に卒しているが、その死の二年前、天啓三年に刊行された『虞徳園先生集』詩巻七が収める五言絶句「廃塔」は、「高標雲間に入り、隠跡雷就《らいしゅう》を聞く、宛《えん》として此の中央に在り、妖蛇石竇《とう》に横たわる」と雷峰塔を詠んでいる。ちなみに『警世通言』の刊行は天啓四年であった。さらに遡《さかのぼ》って嘉靖二十六（一五四七）年に刊行された田汝成《でんじょせい》の『西湖遊覧志』巻三の南山勝蹟は、「俗に伝う、湖中白蛇、青魚の両怪有り、塔下に鎮圧せらると」といい、同じく田汝成の『西湖遊覧志餘』巻二十熙朝樂事《きちようらくじ》は、「杭州男女の瞽者《こしや》、多く琵琶を学び、古今の小説、平話を唱し、以て衣食を覓《もと》む。之を陶真《とうしん》と謂い、大抵宋時の事を説く。蓋《けだ》し汴京《べんけい》の遺俗なり……其の俗殆《ほとん》ど杭と異なる無し。紅蓮、柳翠《りゆうずい》、済顚《せいてん》、雷峰塔、双魚扇墜等の記の如きは、皆杭州の異事なるも、或は近世の擬作する所の者なり」という。これにより、嘉靖の頃すでに白蛇伝の原型が陶真として語られていたことがわかる。西湖湖中の三塔が湮滅し、これを妖怪鎮圧のメルクマールとする「西湖三塔記」がすたれるにともない、火事で焼け、異様な姿を湖面に映す雷峰塔にそれを求める白蛇伝が誕生したのではなかろうか。三怪の旧套からの脱却はこの三塔から一塔（雷峰塔）への変化に乗じておこなわれたものであろう。もっとも嘉靖時の白蛇伝が白娘子の深情けをテーマとするものだったかは定かでない。毒を吐く両妖という表現からみて、「白娘子永鎮雷峰塔」の、「你《なんじ》若《も》し我と意を好くせば、仏眼もて相看《み》ん。若し好からざる時は、累を帯びたる一城の百姓《ひやくせい》、苦を受け都《すべ》て非命に死せん」という白娘子の脅しが実行、ないし実行されかかる内容だったとも考えられるからである。

白娘子の解放

白娘子はかくて雷峰塔下に封じ込められることになった。一応の期限つきではあったが、それは『警世通言』巻四十「旌陽宮鉄樹鎮妖」で許遜《きよそん》が「鉄を鋳《い》て樹と為《な》」し、「鉄樹花開」かばと非現実的な孽龍解放の条件を掲げたのと軌をまったく一にするものであった。しかしこの予讖《よしん》が民国十三年の雷峰塔の倒壊で、法海禅師の意に反して成就されたことはすでに述べた通りである。だが雷峰塔はこれ以前にすでに倒壊していたともいえる。白蛇伝は「白娘子永鎮雷峰塔」、「雷峰怪蹟」以後も陶真の後身の弾《だん》詞《し》、鼓詞、子弟書、宝巻、あるいは戯曲、長篇小説にと語り継がれたが、馬頭調《ばとうちょう》という清初から道光年間にかけて流行した、三弦を主たる伴奏楽器とする歌曲に雷峰塔の倒壊を歌うものがある。以下に道光八年刊『白雪遺音《はくせついいん》』巻一所収の馬頭調「雷峰塔」の一部を引用しておこう。

後来此子得中了状元、思想生身母、苦苦哀告銭塘県、帯領人夫去拆塔。霎時之間、風雨大作、雷火交加、雲接雨、西湖水乾、雷峰塔倒、他母子二人重相見。

後来《のち》此の子状元に中《あた》るを得て、身を生みし母を思想《おも》い、銭塘県に苦々哀告し、人夫を帯領して塔を拆《たく》す。霎時《しばし》の間に風雨大いに作《おこ》り、雷火交々《こもごも》加わる。雲は雨に接し、西湖の水乾き、雷峰塔倒れ、他《か》の母子二人重ねて相見《まみ》ゆ。

白蛇伝を題材とする戯曲は新中国にはいっても続々と書き継がれた。それらはおおむね法海禅師に敗れた青蛇の精青児《せいじ》（小青）が数百年の修行の末、西湖で塔神と戦い、塔が倒れて白氏が姿を現すという筋立てであった。

近年杭州市文化局から『西湖民間故事』なる西湖にまつわる民間説話を集めた書物が刊行された。白蛇伝も「白娘子」と題して収録されている。その結末は、小青と白娘子との攻勢に進退きわまった法海和尚が蟹の肚臍《へそ》下の隙間にもぐり込むとなっている。だから今でも蟹の甲羅をはずすと隠れている和尚を捜し出せるとするこの話は、魯迅の「論雷峰塔的倒掉」にも言及されるから、かなりポピュラーなものだったとみなせる。こうして雷峰塔は倒れ、法海禅師は逆に蟹の中に押し込められるにいたったのである。永い歳月をかけても、ついには自分達の思うままに話を変えてゆく中国民衆の力には驚嘆の念を禁じ得ないものがある。

第十四章　金瓶梅から紅楼夢へ——才子佳人小説と佳人の男装

　これまで、白話の短篇小説には話本に由来をもつものと、伝奇小説に由来をもつものとがあることを論じてきた。伝奇小説についてはしばらくおくとしても、同じく白話によって書かれている話本と小説とをさまで峻別する必要があるかと懸念を抱かれるむきもあろう。だが筆録と書きかえ（ましてや創作）とはまったく異なった営為なのである。確かに講唱文芸においても個々の演者による語り口の相違、おもしろく聞かせるための創意工夫はあったろう。しかし不特定多数の見えない読者を対象に、自己の思想や主張を伝えんとする書きかえ（創作）という行為と、練り上げられ、固定してゆくとはいえ、口頭芸術における語りかえとを同一の俎上《そじょう》で論ずることはできまい。この意味で、短篇に限らず、書きかえが大々的になされた明末、万暦から天啓、崇禎にかけては、中国小説史上の一大転機だったといえるのである。

中国小説史上の才子佳人小説

この万暦年間に突如出現したのが『金瓶梅』であった。『金瓶梅』は白話によるはじめての創作長篇小説といってよいほどの傑作であった。この『金瓶梅』と、清の中期、乾隆年間に曹霑《そうてん》、号雪芹《せっきん》により、自己の体験に根ざして執筆され、我が国の『源氏物語』にも比せられる大河ロマン『紅楼夢』との間をつなぐものとして、近年とみに注目されつつある一群の小説が才子佳人《さいしかじん》小説（必ず才子佳人が登場するゆえかく命名される）である。才子佳人小説の代表的なパターンに次のようなものがある。すなわち、才貌をあわせもつ才子が科挙に優秀な成績で合格し、詩をかわし、末を契っていた才色兼備の佳人を複数同時に娶るというものである（双嬌斉獲《そうきょうせいかく》）。そもそも男にとって身のまわりにはべらす妻妾の数は自己のステータス・シンボルであった。ところが才子佳人小説ではおおむね二人とされている。この点明末清初にかけて盛行した黄色（好色）小説とは明らかに異なっている。しかし才子佳人小説と黄色小説とがまるで無関係というわけではない。

長篇伝奇小説との関係

明代の通俗類書はおおむね長篇伝奇小説を収めている。このほとんどは才子が複数の美女（この場合才女であることは必ずしも要求されない）と性の遍歴を重ね、科挙に合格してそのすべてを娶るというあらすじからなっている。『劉生覓蓮記《りゅうせいべきれんき》』、『三妙伝《さんみょうでん》』などがそれである。こうした伝奇小説はのちに回に分かたれ、白話をまじえて章回小説化された。その直接の影響下に産み出されたものに『催暁夢《さいぎょうむ》』や『都是幻《とぜげん》《すべてまぼろし》』の「梅魂幻」などがある。こうした小説に登場する女性はみずからの伴侶を選ぶことに積極的で、これと思う男に挑まれれば進んで身をまかせ、しかもその後はその男に操を立て、死さえ辞さない。こうした伝奇小説は、自己を才子に見立ててはいるが、実際には科挙に合格し得ず、おそらくはついにうだつのあがることがなかっただろう作者の身勝手な空想の所産であるからして、その内容をことさらに咎め立てすべきではないのかも知れない。才子佳人小説の作者とて、この点では大差なかったはずである。だが才子佳人小説の佳人はみずからを高く持し、詩作の才腕において自らに釣り合う伴侶をあくまで追い求め、条件に見合う相手と見極めがついてはじめて結婚を約すが、それでも結婚までは決して肌身を許そうとしない。両者のこの根本的ともいえる相違の由来は、作者の境遇とは別のところに求められねばならないのである。

才子佳人小説と金瓶梅

最初の才子佳人小説はいったい何かというのはなかなかにやっかいな問題である。初期の作品には既述のごときパターンが確立されておらず、才子佳人小説か否かの判定そのものがむずかしいし、その執筆、刊行期を正確に知ることも困難だからである。ただ初期の成立にかかると思われる才子佳人小説をみると、その命名の趣意において『金瓶梅』の影響をうけているものが多いことに気づく。それゆえ『金瓶梅』の命名法に通ずるもの（『春秋配《しゅんじゅうはい》』、『呉江雪《ごこうせつ》』、『平山冷燕《へいざんれいえん》』、『玉嬌梨《ぎょくきょうり》』など）をとりあえず初期の才子佳人小説群とみなし、論を進めることにしたい。

金瓶梅と四大奇書

『金瓶梅』は百回からなる長篇白話小説で、主人公西門慶の第五、第六夫人にあたる潘金蓮《はんきんれん》と李瓶児《りへいじ》、それに金蓮の侍女だった春梅《しゅんばい》の三人からそれぞれ一字をとってかく命名されている。『金瓶梅』は『水滸伝』の武松の虎退治を冒頭におき、武松に殺されるはずだった西門慶、潘金蓮がともに殺戮を免れたことにして話を展開させたもので、明の万暦年間に無名氏により執筆された、中国小説史上類まれな作品であることは先に述べた（『金瓶梅』については個人創作説、集団創作説があるが、近年個人創作説がとみに有力となっている。ただその作者については諸説紛紛としていまだ定説をみない。おそらく今後とも作者が特定される可能性は高くあるまい）。ただその描写に猥雑な部分が少なくないため、これまでともすれば黄色文学とのみみられがちであった。

中国の長篇白話小説には四大奇書といわれるものがある。『三国志演義』、『水滸伝』、『西遊記』、ならびに『金瓶梅』がそれである。『三国志演義』は魏、呉、蜀の三国が鼎立して天下を争う状況を描いた歴史物語で、唐末五代の頃にはすでに講史（語り物）化され、宋では説三分としてそのなかに特別な地位を占めていたことが知られ、講釈師の種本にもとづく『全相平話三国志』、『三分事略』といったテキストが今に伝えられている（このテキストは上段に図、下段に本文という形式をとっており、読むことを目的として作られた、従っておそらくそのための書きかえ・増補を被っていると推定される）。『水滸伝』が『宣和遺事』に武行者、花和尚といった話本、黒旋風李達にかかわる雑劇などが聚合されてできたものであることは第七章で述べた。『西遊記』は三蔵法師の西天取経を土台に構成されたもので、「説話四家」のひとつである説経に出自を有し、その宋代における姿を示す『大唐三蔵取経詩話』、『大唐三蔵取経記』といったテキストが残されている。つまり三者とも数百年にわたる語り物としての歴史をもっているのである。ところが『金瓶梅』は明も末に近い万暦年間になって突如劇的に出現した。『水滸伝』を借り、時代を韜晦《とうかい》しつつ、地方の顔役が権力と結びついて成りあがってゆくさまを、色と金に絡めてリアリズムの手法で描いた『金瓶梅』は、他の三大奇書とは決定的に異なっているのである。

万暦の気風

『金瓶梅』の執筆目的が前記の通りだとすれば、あれほど執拗に西門慶とこれをとりまく女達の性生活を描く必要はおそらくなかったろう。にもかかわらずそうした結果となっているのは、いかに時代から突出した作者であっても、その時代ゆえに作者たり得たこと、言い換えるなら作者も時代の子であったことによろう。万暦とこれに前後する時代には黄色小説が大流行した。もちろんそれを促進したのが『金瓶梅』であるという側面は見逃せない。だが『金瓶梅』に先行して黄色小説は存在していた。『金瓶梅』が同時代の黄色小説と相違するのは、それが大胆な性描写の一方で因果応報という思想を持ち込んでみせた点にある。以後の黄色小説が因果応報思想を前面にかかげるきっかけをつくったのも『金瓶梅』であった。そもそも因果応報思想と善書の流行は閉塞した時代状況を忠実に反映するものであった。罪悪感なしに肉欲を満たせる南風（男色）が流行し、それをテーマとする『龍陽逸史《りゆうよういつし》』のような小説が早くも崇禎初年に出現するのも、善書と因果応報思想にがんじがらめにされた反動だったと考えられる。その南風が清初の戯曲小説家で『無声戯《むせいぎ》』、『十二楼』などの短篇小説集を書いた李漁《りぎょ》（一六一一―七九）により美化さえされるにいたった事実は、注目にあたいする（『無声戯小説』第六回「男孟母教合三遷」）。黄色小説の、従って『金瓶梅』の反動から生まれたという点で、南風小説と才子佳人小説は兄弟だったのである。

春秋配と呉江雪

魯迅の『中国小説史略』は才子佳人小説の代表作として『平山冷燕』、『玉嬌梨』、それに『好逑伝《こうきゆうでん》』、『鉄花仙史《てつかせんし》』を挙げる。しかしこれでは不十分で、さらに『春秋配』、『呉江雪』の二作品を加えることが望ましい（魯迅は当時この二作品の存在すら知らなかった）。『春秋配』（主人公は李春発と姜秋蓮《きょうしゅうれん》）は明代成立の可能性をもつ才子佳人小説であり、『呉江雪』（呉媛《ごえん》、江潮、雪婆）も康熙四年と早期の刊行が知られる。しかし本章では成立時期にこだわることなく、佳人が男装してつれあい（好逑）を求めるという趣向をもった作品を選び、そこにしぼって才子佳人小説変遷のさまをみることにしたい。

佳人の男装

佳人の男装は古楽府「木蘭辞」、民間説話「梁山伯与祝英台」、さらには「劉方三義伝」にみるように、儒教倫理にそうものとして讃えられてきた。このことは第十二章で述べた通りである。これに対し、男の女装は犯罪に直結するものとして忌み嫌われてきた。ハッピー・エンドとなった『酔翁談録』の「因兄姉得成夫婦」（『醒世恒言』巻八「喬太守乱点鴛鴦譜」の原話）でさえ裁判沙汰になりかねないところであったし、既女装の男が和姦、強姦、果ては殺人を犯す話は『雲仙嘯《うんせんしょう》』の「平子芳」をはじめ、既述の文言の「公案」小説集にいくらもみいだせる。「劉方三義伝」にもとづく「劉小官雌雄兄弟」の入話もそうした話であった。思うに男の女装という趣向は才子佳人小説が成立し、その代表パターン、双嬌斉獲が完成する以前の時期特有のものではなかったか。女装した江潮が雪婆の手引きで呉媛の家にもぐり込み、これと末を契るという趣向の『呉江雪』は、この時期を代表する作品のひとつに違いない。

さまざまな試み

凌濛初《りようもうしよ》（一五八〇―一六四四）の『二刻拍案驚奇』は、木蘭説話、梁祝説話を承け、双嬌斉獲に移行する中間形態を示す作品を収める。巻十七の「同窓友認仮作真　女秀才移花接木」がそれである。この作品は、男装し聞俊卿《ぶんしゆんけい》となのる文武両道に秀でた佳人蜚娥《ひが》が、同窓の学友杜子中《としちゆう》と夫婦となり、いまひとりの学友魏撰之《ぎせんし》には自身が父を救うべく男装して旅をしていたおりに見初められた景少卿の娘を世話し、めでたく二組の才子佳人のカップルが出来上がるという筋立てをもつ。後世の才子佳人小説であれば杜子中が独占したはずの二佳人が魏撰之と分け合われ、蜚娥も婚礼以前に肌身を許すなどの点は、この作品が才子佳人小説成立以前の、その原初期のものであることによろう。ちなみにこの作品は『二刻拍案驚奇』と『型世言』（後に『幻影』、さらには『三刻拍案驚奇』と改題して出版された）とによるアンソロジー、『（二刻）拍案驚奇』に収められる際に改作され、才子佳人小説のパターンに近づけられた。

一組の才子佳人からなる『春秋配』や、二組の才子佳人（平如衡《へいじょこう》、山黛《さんだい》、冷絳雪《れいこうせつ》、燕白頷《えんはくがん》）からなる『平山冷燕』も定形化以前の初期の才子佳人小説と言って大過あるまい。

風流配と鴛鴦譜

双嬌斉獲のパターンを有する才子佳人小説には、白紅玉（無嬌《むきよう》となのる）と盧夢梨《ろむり》（男装する）の二佳人が同時に蘇友白なる才子に嫁ぐ『玉嬌梨』、明末清初の無名氏による『人中画』の一篇「風流配（単行本は『姻縁扇《いんねんせん》』と題す）」、煙霞散人（一説に劉璋《りゆうしよう》）の『幻中真』の入話「鴛鴦譜《えんおうふ》」、南北鶡冠史者《なんぼくかつかんししや》の『春柳鶯《しゆんりゆうおう》』、天花蔵主人の『人間楽《じんかんらく》』、惜花主人の『宛如約《えんじよやく》』、慧水安陽酒民《けいすいあんようしゆみん》の『情夢柝《じようぼうたく》』、それに文康の『児女《じじよ》英雄伝』などが挙げられる。それぞれの内容については附表に譲るが、ここでは「風流配」と「鴛鴦譜」についてやや詳しく見てみよう。

この二篇は単にパターンを同じくするばかりでなく、話そのものも酷似している。

「風流配」のあらすじはつぎの通りである。

少年才子司馬玄は科挙のおり詩作に苦しむ呂柯《りよか》に自作を譲る。翰林になった呂柯は座主の華太史の娘峰蓮と司馬玄の間をとりもつ。一方花売りの張老が隣家の尹荇《いんこう》煙《えん》から借りた扇子を目にした司馬玄は、呂柯を仲人にこれとも婚儀を執り行う。このことを知った峰蓮は司馬玄に化け、荇煙を自家に迎える。二人はお互いの才色を知り意気投合する。探花となった司馬玄は尹荇煙の行方不明と華峰蓮の改嫁とを聞き、峰蓮の新婚と対決するが、才色ともに劣ると思い知らされる。この新婿、実は荇煙で、二佳人と華太史が司馬玄をへこますため一芝居うったものであった。最後は華太史がタネを明かし、めでたしめでたしとなる。

これに対する「鴛鴦譜」の才子は司馬元、二佳人は呂玉英と柳桂で、そのあらすじはつぎの通りである。

応挙の道すがら、扇子売りの張老のもとで見かけた紫檀の鴛鴦扇が縁で呂玉英と

図表14-1　才子佳人小説にみる男装の趣向

＊男装（　）内は変名

作品名	才子	佳人	取持役	事項
玉嬌梨 荑狄山人 二十回	蘇友白	白紅玉（無嬌） 盧夢梨＊		紅玉は無嬌となのる時期あり。男装の盧が蘇に妹を約す。名を騙る敵役あり。
風流配（一名姻縁扇） 無名氏八回	司馬玄	華峰蓮＊ 尹荇煙＊	呂柯 張老（花売り）	男装の華が尹を娶り、尹が華の婿に化けて玄を騙す。扇子が小道具、敵役なし。
鴛鴦譜 煙霞散人 一回	司馬元	呂玉英 劉桂＊（桂天香）	張老（扇子売り）	劉は男装して兵を率いる（俠客）。紫檀鴛鴦扇と玉鴛鴦が小道具。厳嵩が一応の敵役。
春柳鶯 南北鶡冠史者 十回	石液（斉也水）	梅凌春 畢臨鶯＊	陸婆（花売り）	敵役と脇役を複数配し、行き違いの趣向を頻用。玉簫と詩箋が小道具。風流配に類す。
宛如約 惜花主人 十六回	司馬約	趙如子＊ 趙宛子	如子の伯母	如子が終始約の難儀をたすける。宛子の垂簾考才。如子が同時結婚をお膳立。敵役は李公子、晏公子。

情夢柝 蕙水安陽酒民 二十回	胡瑋（喜見）	沈若素＊ 秦小姐＊	呉子剛 衾児	胡は沈の家僮喜見となる。男装の沈にこれも男装の秦が妹を約す。公明正大でない胡のやり方。
人間楽 天花蔵主人 十八回	許繍虎	居掌珠＊ 来小姐		男装の掌珠が許に妹と称して自分を約す。掌珠が来小姐を娶り、許に同時結婚する。
児女英雄伝（一名金玉縁） 文康四十回	安驥	張金鳳 何玉鳳＊（十三妹）		女侠玉鳳が安公子を救う。侠義小説風。同時結婚ではなく妾もいる。

末を約した司馬元は、しるしに家宝の一双の玉鴛鴦の一方を与える。山賊に路銀もろとも鴛鴦扇を奪われた司馬元は、茶店で桂《けい》天香に助けられ、旅を続ける。天香は親の仇厳嵩《げんすう》を討つべく兵を率いて山砦《さい》にたてこもる麗人劉桂の男装した姿であった。のち父の仇を討った劉桂は、先般のお礼にと渡されたもう一方の玉鴛鴦をしるしに、砦に保護していた呂玉英とともに司馬元に嫁いだ。

二篇は主人公を司馬玄（元）とし、花〔扇子〕売りの張老が仲立ちとなるなどの点が一致する。元は康熙帝の諱《いみな》玄燁《げんよう》を避けたものであろう。「鴛鴦譜」は康熙年間以降の成立にかかり、順治以前に成立していた「風流配」を換骨奪胎したものと考えてほぼ間違いない。清代の小説作家、特に才子佳人小説の作者は実名がほとんど明らかでなく、次代の作者が前代の作者の筆名をかたる場合すらあったといわれる。従って軽々には論じられないが、他の作家の作品を書きかえないし剽窃したと考えざるを得ない場合も少なくないようである。墨憨《ぼっかん》主人の『十二笑』と李漁の『無声戯』、『十二楼』の諸篇、『雲仙嘯』第一回「拙書生」と鴛湖烟水散人の『珍珠舶《ちんじゅはく》』の巻二、『玉嬌梨』と煙霞散人同様劉璋の筆名かとされる樵雲《しょううん》山人の『飛花《ひか》艶想《えんそう》（別名鴛鴦影）』との関係などがそれにあたる、

紅楼夢

曹雪芹によって書かれた『紅楼夢《こうろうむ》』が中国小説史上の一大傑作であることは論をまつまい。この書は『金瓶梅』によってまかれたリアリズムの種が才子佳人小説というこやしを得て大きく実を結んだものとみなせる。いま『紅楼夢』について十分論ずる用意はないが、才子佳人小説を論ずるにあたり、ある程度この作品に言及しておく必

要を感ずる。『紅楼夢』には賈宝玉《かほうぎょく》なる貴族の御曹司とこれをとりまく金陵《きんりょう》十二釵《さ》とよばれる十二人の美女が登場する（『金瓶梅』の西門慶とその六人の妻妾に相当するが、意淫《いいん》を説く『紅楼夢』に『金瓶梅』の生臭さはない）。ストーリーは宝玉と金陵十二釵の筆頭でいずれも宝玉の従姉妹《いとこ》である林黛玉《りんたいぎょく》、薛宝釵《せつぼうさ》を中心に展開する。だが才子佳人小説と異なり、宝釵が宝玉の妻となるその日、黛玉は失意のうちに死ぬことになっており、一夫二妻でめでたしめでたしとはなっていない。そればかりか、賈家はとりつぶされ、宝玉は妻宝釵を棄てて出奔することになっている。『紅楼夢』が才子佳人小説と異質な存在であることは一見して明らかである。にもかかわらず前記の結論はいささかも訂正を要しないのである。ただこれについて論ずるには、あらかじめ文康の『児女英雄伝』をみておく方が便利である。

文康の児女英雄伝

『児女英雄伝』は満洲旗人《きじん》の文康が書いた小説で、その成立は道光末年（一八五〇）と推定されている。あらすじはおよそつぎの通りである。

大家の坊ちゃん（公子）安驥《あんき》が父の危難を救うべく大金をもって旅行中、山寺で大泥棒の坊主につかまって殺されかける。そこへ十三妹と名乗る大力の美女が現れ、これを救ける。十三妹は同時に救けた自分と瓜ふたつの張金鳳と安公子とを無理やり婚約させる。安公子の父安学海は大力の美女が父の仇を男装してつけねらう親友の娘何玉鳳であると悟り、説得のうえこれをも息子の妻とする。こうして金玉は合配し、安公子は探花に合格し、二妻はそれぞれ一子を生み、夫妻は長生し、子孫は繁栄した。

文康は十三妹の俠女ぶりと、結婚後の貞淑ぶりとの対照の妙がしごく自慢で、これにちなんで『児女英雄伝』と命名したという。『児女英雄伝』が『紅楼夢』のアンチ・テーゼとして書かれた小説であることは、その賈宝玉と安驥、林、薛と張、何といった人物関係のみならず、しばしば作中に漏らされる作者文康の口吻《こうふん》からも疑いようがない。その『児女英雄伝』が才子佳人小説の旧套を襲うものである以上（事実先の「鴛鴦譜」によく似た筋立てをもっている）、その第一回で才子佳人小説を批判する『紅楼夢』とて、それと無縁ではあり得なかったのである。

第十五章　さまざまな小説——清末小説にいたる流れ

包公説話などから俠義小説が生まれる過程については第九章で述べた。本章はこれと表裏の関係をなす文言の「公案」小説集から、騙術《へんじゅつ》（犯罪）譚を集めた『杜《と》騙《へん》新書』が生まれる過程、そしてこれが官僚任用試験である科挙をめぐるさまざまな出来事を描く『儒林外史《じゅりんがいし》』、さらには『老残遊記《ろうざんゆうき》』、『官場現形記《かんじょうげんけいき》』、『二十年目観《もくと》之《の》怪現状《かいげんじょう》』などに代表され、魯迅によって譴責《けんせき》小説、あるいは黒幕小説と命名された清末小説にいたる過程について考究することにしたい。

杜騙新書

万暦年間に文言の「公案」小説集が多数刊行された。その変種に張応兪《ちょうおうゆ》の『杜騙新書』四巻がある。騙を杜《た》つことを標榜するが、実体は犯罪の百科全書の観を呈する。

脱剝騙《だつぱく》、丢包騙《ちゆうほう》をはじめとする二十四騙に総計八十三の犯罪譚を収める『杜騙新書』は、中国小説史上類をみない作品である。「公案」小説は犯人が名裁判官の「推理」により必ず逮捕される。ところが『杜騙新書』は犯人があっぱれ逃げおおせ、事件が解決を見ずに終わる作品のみからなっている。この開いた形式は『十二笑』、『照世盃《しようせいはい》』をへてのちの『儒林外史』につながるが、ここに新しいタイプの小説が誕生したといえよう。『杜騙新書』は日本文学への影響という面からも見逃せない作品である。それは明和年間にその十七篇を選んだ和刻本が刊行され、馬琴の『八犬伝』などにその騙術譚が利用されていることから容易にみてとれる。そこでその「膏薬《こうやく》眼《め》に貼《は》って元宝《げんぽう》を搶《うば》う」を紹介しておこう。

県城に一銀匠有り。家頗《すこぶ》る殷実《ぶげん》にして、解戸《やくしょ》秋粮銀《あきおさめかね》を領すれば、常に其れに托して傾煎《いろつけ》す。一日元宝を傾煎するに、心内に尚系《すじ》未だ透らざる処有り。夜間又之を煮洗す。其の鋪門に一大縫有り。外より其の内を窺い見る可し。一棍《こん》一大膏薬を買い、夜間潜《ひそ》かに往きて之を窺《うかが》う。其の両元宝を洗い訖《おわ》り炉辺に放《お》くを見、棍 外に在りて痛を叫ぶ声を作《な》して、呼び曰く、「門を開けよ」と。銀匠問いて曰く、「是《こ》れ誰ぞ」と。棍外より答えて曰く、「贓坏《わるもの》に打《たた》かれて重し。你《なんじ》が炉辺にて一膏薬を灼《あぶ》って之を貼《つ》けんことを求む」と。銀匠門を開けて与《ため》に入る。棍 瘸《が》行《こう》の状を作し、且《か》つ手戦《おのの》いて痛むと叫ぶ。蓬頭俯視し、一大膏薬を以て炉辺に灼開《あぶりの》べ、両手を銀匠の当面に望んで一貼し、即ち一元宝を搶《うば》って以て逃がる。銀匠熱痛に勝《た》えず、急に膏薬を扯下《ひきおろ》せば、元宝已に其れに一を窃み去らる。急に賊有りと叫び、且つ門を出て追起するも、那《どの》路従《よ》り去るを知らず。撈狼《うろうろ》追過すること数十歩、只得悵 々《ぜひなくちょうちょう》として帰る。

（明和七年の和刻本の訓点により一部修正のうえ書き下し文とした）

照世盃

『杜騙新書』は筋という筋をもたず、いわば騙術とその種明かしのみからなる小説以前の作品であった。この騙術譚を小説の域にまで高めたのが『初刻拍案驚奇』、『二刻拍案驚奇』の編著者凌濛初《りょうもうしょ》であり、ここで論ずる酌玄亭主人《しゃくげんてい》であった。酌玄亭主人には二種の小説集、『諧《かい》道人批評第一種快書閃電窗《せんでんそう》』、『諧道人批評第二種快書照世盃』があった。後者の序文などによれば、李漁《りぎょ》の小説集『無《む》声戯《せいぎ》小説』に評を附した杜濬《としゅん》、

『続金瓶梅』の作者丁耀亢《ていようこう》などと親交をもつ、順治から康熙にかけての小説家と推定される(『照世盃』では康熙帝の諱《いみな》を避け酌元亭主人となのっている)。『照世盃』には明和二(一七六五)年の和刻本があるが、先の『杜騙新書』のそれとあわせ、当時日本でいかに騙術小説が好まれたかがわかる(巻一の「七松園弄仮成真」が森羅子《しんらし》によりおよそ四十年後の享和二年に『灯下戯墨玉の枝《とうかげぼく》』と題して翻案されたが、これも騙術小説の面をもっていた)。「百和坊将無作有」は名士になりすましては田舎者からは金をまきあげ、同郷人からは金をたかるえせ文人が美人局《つつもたせ》にかかる次第を余蘊《ようん》なく語っていた。だがこの作品では批判の鋒先はえせ文人に向かい、応挙の士ないしは科挙制度そのものには向かっていない。この点が『儒林外史』とは根本的に相違する。

次にそのさわりの部分を引こう。

……所以《ゆえ》に游客に四種の他《かれ》を熬《ごう》し得ざる的《てき》の去処《ところ》有り。

羞を識らず的の厚臉　撒潑《さんぱつ》に慣れた的の烏嘴《うし》

做作《ささく》を会する的の喬様《きようよう》　虚頭を弄《ろう》する的の辣手《らつしゆ》

世上其の名を尊んで「游客」と曰うも、我道《い》う、「遊は流なり。客は民なり」と。

内中《そのうち》賢愚等しからずと雖も、但抽豊《ちゅうほう》の一途最も好み、汚を納め垢を蔵し、秀才を仮り、名士を仮り、郷紳を仮り、公子を仮り、書帖を仮る。光棍《かたり》の作為《しわざ》至らざる所無し。今日流して這《こ》の裡《うち》に在り、明日流して那《か》の裡に在り。地方を攘害《じょうがい》し官府を侵漁《しんぎょ》す。見面《けんめん》の時は功を称し徳を頌するも、背地裏《うら》には禁を捏《こ》ね訛《か》を拿《と》る。遊道の今日に至って大壊するは、半《なかば》は此の輩の流民に壊る。

(明和二年の和刻本の訓点により一部修正のうえ書き下し文とした)

応挙を題材とする小説

明末清初の小説の特徴のひとつに、それがしばしば科挙をテーマとすることが挙げられよう。小説が士人によって書かれる以上、その作品のなかに科挙がらみの事件が描かれるのは当然ともいえる。しかし応挙の道中における事件ではなく、科挙の受験そのものが小説の対象となるのは馮夢龍からと思われる。その作品とされる『警世通言』巻十八「老門生三世報恩」はつぎのような話であった。

秀才鮮于《せんう》同《どう》は学識はあっても郷試に及第できず、五十七歳の天順六(一四六二)

年の録科にやっと合格した。試験官は老人嫌いの蒯遇時《かいぐうじ》で、本来鮮于同を落第させるつもりだったのだが、案に相違して一位にしてしまったのだった。その後鮮于同は蒯公の手により、蒯公みずからの意思とは裏腹に、続けざまに郷試、会試に合格する。六十一歳で刑部主事となった鮮于同は、大学士劉吉に逆らって死罪とされた蒯公、その子で無実の罪をきせられた蒯敬《けい》を救い、蒯公の孫の悟《ご》を教育し、これを進士に合格させた。鮮于同が退休したのは九十七歳の時であった。

科挙の試験官を合格者は座主と仰ぎ、自身を門生と称する。馮夢龍が五十七歳の崇禎三年にやっと貢生《こうせい》となり、六十一歳の時に福建寿寧知県となったことについては既述した。『警世通言』の刊行は天啓四（一六二四）年のことだから、馮夢龍は自身の著した小説を地でいったことになる。もっともその達した地位には雲泥の差があった。だが一生合格できずじまいの者に引きくらべ、いったんは役人となり、二君に仕えることなく国に殉じた馮夢龍の生涯は、到達した官位こそさほど高くなかったものの、幸福なものだったといえよう。

受験百態

その最終試験である会試（ならびに殿試）が三年に一度おこなわれ、三百人ほどの合格者を出すに過ぎない明清の科挙の難関ぶりについては専著に譲るが、その難関ゆえに不正が横行し、それが小説に格好の題材を提供したことについては触れておかねばなるまい。科挙の不正にはカンニング、代作、替玉、試巻のすりかえ、賄賂による試験問題の漏洩などがあった。彌堅堂《びけんどう》主人の『終須夢《しゅうしゅむ》』には代作の、華陽散人《かようさんじん》の『鴛《えん》鴦針《おうしん》』巻一には試巻のすりかえの、『雲仙嘯《うんせんしょう》』の「拙書生」には試験問題漏洩の好例が見える。一方試験監督側にも悲喜こもごも、笑うに笑えない話があったようである。つぎにその一例として、雍正《ようせい》四（一七二六）年の心遠主人序を冠する『二刻醒世恒言』第二回「高宗朝大選群英」を紹介しよう。

南宋の高宗が張驁《ちょうかく》を主考官に任命して実施した科挙のおりのこと、分考官馬伸がこれと見込んだ試巻が夜具《やぐ》に紛れて行方不明となり、才能を妬んで楊邦義の試巻を井戸に棄てようとうろついていた分考官呂頤浩《りょいこう》が主考官の張驁に怪しまれ、逆にそれを推薦するはめになる。楊は受験勉強のおり天王廟修理の発起人となったが、修理した青鸞が念頭に浮かんだことで出題の対句にうまく答えられてこの結果となったのだった。呂は楊の例に懲り、つぎに見いだした優秀な試巻を焼き棄てたが、この試巻の主胡安国は次回の科挙に好成績で合格し、今回呂が合格させた二人はのち秦檜《しんかい》の一党となった。一方受験生の側にも呂の名を騙られて金を巻き上げられた王醜児のようなものもいた。

『二刻醒世恒言』は天下の儒生を憐れむあまりむやみに科挙の合格者を出すべきではないと述べる「九烈君広施柳汁」といった作品をも収める。科挙の合格は士人の夢であったが、その困難さゆえ、不合格者は「士人の功名は大抵個《たいていこ》の定数《さだめ》有り」と自分を納得させるしかなかったのである。

儒林外史

それゆえ合格の際の喜びはそれこそ天にものぼり、気も狂わんばかりであった。呉《ご》敬梓《けいし》の『儒林外史』は全五十五回からなる長篇小説だが、その第三回は、二十回も落第を続けた范進《はんしん》が合格の知らせに一時気が変になり、舅の肉屋のおやじに一発どやしつけられ、やっと正気にもどる様子を、ペーソスをまじえユーモラスに描いている。

衆人如此這般同他商議。胡屠戸作難道、「雖然是我女婿、如今却做了老爺、就是天上的星宿。天上的星宿是打不得的。我聴得齋公們説、「打了天上的星宿、閻王就要拏去打一百鉄棍、発在十八層地獄、永不得翻身」。我却是不敢做這様的事」。鄰居内一個尖酸人説道、「罷麼。胡老爹、你毎日殺猪的営生、白刀子進去、紅刀子出来、閻王也不知叫判官在簿子上記了你幾千条鉄棍、就是添上這一百棍、也打甚麼要緊。只恐把鉄棍子打完了、也算不到這筆賬上来。或者你救好了女婿的病、閻王叙功、従地獄裏把你提上第十七層来也不可知」。報録的人道、「不要只管講笑話。胡老爹、這個事須是這般、你没奈何權変一權変」。屠戸被衆人局不過、只得連斟両碗酒喝了、壯一壯胆、把方纔這些小心収起、将平日的兇悪様子拏出来、捲一捲那油晃晃的衣袖、走上集去……胡屠戸兇神走到跟前説道、「該死的畜生、你中了甚麼」。一個嘴巴打将去。衆人和鄰居見這模様、忍不住的笑。不想胡屠戸雖然大着胆子打了一下、心裏到底還是怕的、那手早顫起来、不敢打到第二下。

とりまきはああだこうだと彼と相談しますが、胡肉屋は故障をもうします。「俺の娘婿とはいっても、いまじゃあ旦那様、天上のお星さまになってしまった。天上のお星さまはぶてない。俺は坊主たちが「天上のお星さまをぶてば閻王がすぐに摑まえて鉄棒で百叩きし、十八層の地獄に放り込むから、未来永劫生まれ変われない」というのを聞いた。俺にはそんなことはできねえ」。隣の口の悪い男が申します。「いいかげんにしろや。胡の親方、あんたは毎日豚を殺して商売している。白い包丁が入るが出てくるときは紅い包丁。閻王が判官にお前に何千の鉄棒をつけにさせたか知れたもんじゃない。それに百棒が加わってもたいしたことはあるまい。鉄棒で打ち終わっても、このつけはかわるまい。もしかしてあんたが娘婿の病を救ったら閻王が功績として十七層の地獄に引き上げてくれるかもしれまいて」。知らせをもたらした人も「笑い話をいつまでしているんだい。胡親方、こうなったらそうするしかあるまい。あんたはどうして臨機応変にやらないんだい」と申します。豚殺しはとりまきに攻め立てられ、しかたなく続けざまに酒を二杯ひっかけ、肝っ玉をすえて、先ほどの臆病を引っ込め、いつもの凶悪な様子になって、油でてかてか光った袖口をたくしあげ、人込みにむかってゆき……胡肉屋は兇神のように范進の前に走ってゆくや、「こんちくしょう。何に中《あた》ったんだって」といいながら、びんたをひとつくらわせます。とりまきと隣人はこの様子を見て、思わず笑ってしまいます。ところが胡肉屋は胆を大きくしてびんたしたとはいうものの、心の底ではやはり恐れておりましたから、その手が早くも震えて、二発目をうつことができません。

呉敬梓は康熙四十（一七〇一）年に生まれ、乾隆十九（一七五四）年に亡くなった。生年において『紅楼夢』の作者曹雪芹に二十年ほど先んじるが、二人は同時代人といってよかろう。その二人がおよそ性格の異なる作品を書いた事実は誠に興味深い。『紅楼夢』が賈家の栄《えい》、寧《ねい》二府を舞台に宝玉と林、薛二人の従姉妹をとりまく一見華やかできらびやかな世界を構築し、その中で大家の没落を非情に描いてみせたのに対し、『儒林外史』は全篇を一貫する主人公をもたず、科挙をめざしあるいはその周辺に生きる人々の群像を淡々と描いてみせた。『儒林外史』は科挙という中国的で特異な素材を扱った小説で、その名も構成も正史の儒林伝にならっている。ただ銘々伝であるなどいくつかの点で『水滸伝』の前半の構成を学んだ形跡も明らかである。それがそうした印象を与えないのは、『水滸伝』の梁山聚義に相当するほどの山場を『儒林外史』が持ち得なかったためであり（泰伯祠の祭はそれを目指したものであったのだが）、実は呉敬梓の意図に反したものであった。それが新しいタイプの小説を続出させる呼び水となったのだから、皮肉なものである。

李宝嘉の官場現形記

『儒林外史』の連環体形式を継承したのが李宝嘉《りほうか》（一八六七―一九〇六）の『官場現形記』であり『文明小史』であった。李宝嘉は科挙挫折体験をもつジャーナリスト兼作家で、『遊戯報』、『世界繁華報』といった新聞を発行し、これに連載するための雑文、小説などを精力的に執筆し、ついで小説専門誌『繡像小説《しゅうぞうしょうせつ》』の編集にあたった。その数多くの小説作品の双璧といえるのが『官場現形記』と『文明小史』であるが、両者とも『儒林外史』同様、短篇を積み重ねる形式を取っている。なかでも『官場現形記』は官僚、とりわけ下級官僚（胥吏《しょり》）の不正をあますところなく描き、いわゆる譴責小説の代表作となっている。李宝嘉は呉敬梓に旺盛な諷刺精神に欠ける面があった（呉敬梓に諷刺精神を認めない説もあるが）。しかもめぼしい登場人物のすべてにモデルがあったらしい。李宝嘉によって生まれたとされる譴責小説は、その段階ですでに黒幕小説と紙一重のところにあったのである。

劉鶚の老残遊記

同じ清末の小説家劉鶚《りゅうがく》(一八五七―一九〇九)はみずからの官僚ならびに実業家としての経験に即し、清官の害が貪官汚吏のそれより甚だしいことを主張する『老残遊記』を書いた。劉鶚自身自作を評して、「贓官《ぞうかん》の恨むべきは、人々之を知るも、清官の尤《もっと》も恨むべきは、人多くは知らず。蓋《けだ》し贓官は自《みずか》ら病《へい》有るを知り、敢えて公然非を為《な》さざるも、清官は則ち自ら我銭を要《よう》せず、何の可ならざる所あらんと以為《おも》い、剛愎《ごうふく》自用《じよう》し、小は則ち人を殺し、大は則ち国を誤る。吾人親しく目もて睹《み》る所、凡《およ》そ幾《いく》ばくなるを知らず矣」、「歴来の小説皆贓官の悪を掲ぐ、清官の悪を掲げし者は、老残遊記自《よ》り始まる」といっている。しかし清官批判が『老残遊記』から始まったわけでは決してない。

清官を批判する小説

小説における清官批判の歴史で見逃せないのが、李漁の『無声戯小説』第二回「美男子避疑惑反生疑」(『連城璧《れんじょうへき》全集』第四回「清官不受扒灰謗　屈士難伸窃婦冤」)である。この作品の創作意図は巻頭の詩とその解説部分に明らかである。

従来廉吏最難為　不似貪官病可医　執法法中生弊竇　矢公公裡受奸欺
怒棋響処民情抑　鉄筆揺時生命危　莫道獄成無可改　好将山案自推移

這首詩、是勧世上做清官的、也要虚衷舍己、体貼民情、切不可説我無愧於天、無怍於人、就審錯幾樁詞訟、百姓也怨不得我、這句話。那些有守無才的官府、箇々拿来塞責、不知悞了多少人的性命。所以怪不得近来的風俗、偏是貪官起身、有人脱靴、清官去後、没人尸祝。只因貪官的毛病、有薬可医。清官的過失、無人敢諫的縁故。

官吏の清廉　得がたいが　欲深か役人　時には結構
厳しいばかりは　罪造り　公平無私も　却って危い
役人怒って　抗弁ふさがれ　めったな判断　されてはたまらぬ

判決したとて　誤審があったら　自然　も一度　審べて欲しい

この詩の心は、世の中で自分こそ清廉な官吏だと思っている人に対して、あくまで我を張って、〈自分は大衆の心を心としているから、それこそ天地神明に恥じるところはない〉と考えて、〈たとえわずかの誤審があろうとも、大衆は決して自分を怨むようなことはしないはずである〉なんて思わないようにしてもらいたいということを詠んだものである。わたしがこんなことを言うのは、実は〈才も何もないくせに、役人という立場にしがみついていて、とにもかくにも責を塞いでいる〉といった役人連が、本人は気づかなくても、どれだけ多くの人達の命を誤って殺しているかもしれないことを知っているからである。およそそんな状態であるから、近頃では貪欲な役人が赴任してくると、ぺこぺこする者はあるが、清廉な役人がやめたからといって、誰もありがたがる者はいない、ということになってしまっているのである。どうしてそんなことになったかというに、貪欲な役人の欠点は、なんとか修正することが出来ても、清廉な役人の自信満々の過ちは、誰一人面《おもて》を犯してこれを諫め得る者などいないからである。

（辛島驍訳『全訳中国文学大系　第一巻　無声戯』）

清官の害をこと挙げする作品として、先の『二刻醒世恒言』下函第八回「李判花糊塗召非禍」をあげることもできる。この話の主人公五花判官李渾《りこん》は百姓の銭こそ取らないが、任性《きまま》な裁きで李清廉とも李糊塗《ぼけ》とも評される判官であった。こうした先行する作品の存在をへて、劉鶚の『老残遊記』は出現したのである。

李漁の小説の多様性

李漁には『官場現形記』のように下級官吏の実態に触れた作品もある。『無声戯小説』第三回「改八字苦尽甘来」(『連城璧全集』第二回)がそれである。そのなかで李漁は下級官吏の口を借り、下級官吏たる者の心得をつぎのように述べている。

要進衙門、先要吃一服洗心湯、把良心洗去。還要焼一分告天紙、把天理告辞、然後吃得這碗飯。你動不動要行方便、這方便二字、是毛坑的別名、別人瀉乾浄、自家受腌臢。你若有做毛坑的度量、只管去行方便、不然、這両個字、請収拾起。

役所の門を入ろうと思ったら、まず〈洗心湯〉を一服呑んで良心を洗い流してしまい、さらには〈告天紙〉を一揃い焼いて、天理にお別れして、それからお役所の飯を食べられるんですよ。あなたは何かというと方便を行おうとするが。方便の二字は便所の穴ということなんだ。他人はさっぱりし、自分はひどい目に遭うということなのだ。お前さんに便所の穴になる覚悟があれば、ひたすら方便を行いなさい。もしそうでなかったら、その二字はしまいこんでしまうがよい。

李漁は清末に長篇の譴責小説として展開される素材をこの時点ですでに発見していたのである。こうした点からも李漁は再評価される必要があろう。

李漁は戯曲と小説の二つのジャンルにまたがる実作者であり、かつ自身が劇団を持っていた。そうした李漁ゆえ俳優を主人公とする小説も執筆している。『連城璧全集』第一回「譚楚玉戯裡伝情　劉藐姑曲終死節」がそれである。この作品は恋の炎を芝居に託す男女の心理の機微を描いた力作であった。ただ前半にくらべ後半が常套に堕し、いささか龍頭蛇尾の嫌いがないでもない。芝居をテーマとする小説ということであれば、これにやや先んずる墨憨主人の『十二笑』第五笑「溺愛子新喪邀串戯」に一歩を譲ろう。この作品は、父を孤独の死に追いやった放蕩息子が、父の死が発見されたその日に『西廂記』の主人公を演じようとし、親戚一同のもの笑いになるという話であった。李漁に南風小説もあったことは第十四章で論じた。

清代小説の多様性を李漁に例をとって論じてみたが、以上はまったくの一例に過ぎない。李漁は確かに先駆的な小説作家であり、抜きんでた存在だったが、小説の素材の開拓が李漁のみによっておこなわれていたわけでは決してない。譴責小説が庾嶺労人の『蜃楼志《しんろうし》』によって始まるとの説もある。こうした段階をへて、清末における多様な小説の洪水が到来するにいたったのである。

あとがき

本書の原著は放送大学の「漢文古典Ⅱ」の印刷教材として書かれたものである。放送大学は昭和六十年四月から本放送を開始した。本書はその二年後の昭和六十二年三月に、中国語の二年間の修学を終えた学生を主な対象として書かれ、放送大学教育振興会から出版されている。放送大学の教材は印刷教材と放送教材とからなっており、「漢文古典Ⅱ」の放送教材はＦＭで放送された。放送教材は各回四十五分、全十五回からなっており、印刷教材もそれに合わせ十五章で執筆された。放送教材ほど厳密ではなかったが、印刷教材にも規定があった。原著の各章の長さがほぼそろっているのはこのためである。

ラジオで大学レベルの漢文古典の授業をどのようにおこなうか、当時筆者は五里霧中、暗中模索の状態にあった。結局筆者は腹を括り、漢文古典を中国古典文学と読み替え、自身の専門に引き付け、中国古典小説史の概説をすることにした。とはいえ漢文古典の看板をまったく無視するわけにはゆかない。そこで章ごとに原作ないし関連する文献の書き下し文を掲げることにした。漢文訓読は日本だけの現象ではないにせよ、先人の白話文献に対する苦労のほどを偲ぶのも漢文古典の趣旨にかなうかと考えたからである。ただすべての章においてそれをさがしだすことは難しかったため、やむなく自身書き下し文にしたり、韻文の場合、あえて原文のまま掲出したりした場合もあった(その場合も中国人の方に朗読してもらった)。英米独仏露が○○語と○○の言語文化をセットとしていたのに、中国だけが中国語＋漢文古典であったのに違和感を覚えていたからである。それゆえ、書き下し文や中国語の原文については放送教材において口語訳を披露し、印刷教材では説明不十分な点については放送教材で補足することにした。当初から印刷教材で説明できなかった点については放送教材で補うとの方針が示されていたからである。

原著をちくま学芸文庫にというお話があり、久しぶりに読み返してみたところ、改めて原著が筆者のそれ以前の研究の帰結点であり、なおかつそれ以後の研究の出発点であったことがわかった。それで若書きの原著を後世に残すことにした。とはいえ刊行からすでに四十年近くを経ているため、個別の分野の研究についてはこの間に進展をみている部分もある。全面的にそれを取り入れることは無理にしても、自身がかかわっている部分に関してはそのままにはしておけない。というわけで本文に補注をいくつかいれ、表も一部に修正と増補を加えている。もちろん「てにをは」や誤字、脱字についても修正した。ただし基本は原著のままである。なお編集部の意向により、原著の書名については変更し、「まえがき」については省くことになったので、許可を得て、このあとがきに原著の「まえがき」を再録させてもらうことにした。以下が原著の「まえがき」である。

＊

本書は中国において小説が芽生えさまざまに発展してゆく様相を、十五のテーマから、筆者なりの視点で論じたものである。「中国小説史への視点」と題する所以である。実質的に中国小説史を論ずるにもかかわらず「中国小説史」としなかったのは、十五回ではいわゆる古典小説に限っても、その全体を過不足なく論ずることは難しいためと、「中国小説史」としたのでは書名・人名を含めあげねばならない固有名詞がふえ、読者の記憶にいたずらに負担をしいる結果となることを恐れたからである。長篇小説に言及することがまれであることもこれと関連する。もっとも中国には、『金瓶梅』『紅楼夢』などの例外を除き、真の意味での長篇小説は育たなかったのであるから、このような構成をとること自体、さほど問題となるとは思われない。それよりむしろ小説とこれをはぐくみ続けた講唱文芸の関係についてもっとスポット・ライトをあてるべきである、というのがこの「中国小説史への視点」執筆にあたっての筆者の視点の一つであった。従来の中国小説史では、中唐の市人小説・俗講あたりから、敦煌の変文、宋の盛り場、瓦市の小屋掛け、勾欄における演芸、「説話四家」、とりわけ「小説」と講史とを取り上げ、『清平山堂話本』をはじめとする所謂話本をもって宋代の講釈師、「小説」人の演芸を論ずるというのがおさだまりのパターンであった。しかし唐から宋にかけてのこの時期のみに小説と講唱文芸の関連が強まったというわけでは決してない。この前後の時期にも両者は密接に関係しあっていたはずなのである。このことを本書は随所で強調したつもりである。

これと関連し、六朝志怪・唐代伝奇として脚光をあびるにもかかわらず、以後においては剪灯二話と『聊斎志異』がかろうじて取り上げられるにすぎないのが通例だった文言、文語の小説、とりわけ伝奇小説を、白話、口語の小説との関係でとらえなおすべきであるという視点をも用意し、この視点から小説史全体をとらえなおそうと試みた。志怪にせよ伝奇にせよ、残された文語による作品以前に口語によって語られる段階があったことは確かなことであるし、宋代以後にあっては講唱文芸、とくに「小説」の影響下に伝奇小説が長篇化し、これが口語による創作長篇小説の誕生に今度は逆に影響力を及ぼしたものと考えられるからである。白話と文言の小説史はともするとまるで別個のものとして論じられがちであるが、こうした枠組みは改められなければならないのである。

志怪と伝奇についていえば、伝奇は志怪が発展したものといった単線的な発展史観でよいのかという反省に立ち、仏教の応験譚を語り綴る行為と、物語の伝統とを両者の媒介項にすえ、筆者なりの発展史を考えてみた。これとともに志怪・志人と併称される作品群についても、その出自を一方は史官の歴史記録、他方は俳優のおとぎにもとづくとの視点を導入し、そのあとづけを試みた。

小説という漢語は日本ではノベルとかロマンという言葉の訳語として意識されている。だが中国古来の用法は当然のことながらこれと同一ではない。それがいったいどのようなものであったかを闡明《せんめい》し、中国における小説観の変遷を明らかにしようという視点から、『荘子』の「外物」にみえる《小説》なる言葉、『漢書』「芸文志」のら《小説》家、説話四家の「小説」、『清平山堂話本』所収のいわゆる話本の表題にみえる小説などについて、詳しく述べてみた。関連して、みずからの作品が小説であることを、序や評中にあって何度か明らかにしている馮夢龍の三言の諸作品を取り上げ、これと先行する話本、伝奇、民間説話などとの比較を通じて馮夢龍における小説観を探り、その創意の在り方をさまざまな面から明らかにしようとした。その他ここでは触れない重要な視点も多々あるが、それらについては直接本文を見て、その当否を判断していただきたいと考えている。

筆者の書架には二冊の中国文学を対象とした、NHKのラジオ番組にもとづく書物が蔵されている。一つは昭和十四年の秋に九回にわたって放送された講演に若干改定を加えてなった宮原民平氏の『支那の口語文学』、もう一つは昭和三十九年の一月から十二回にわたり、FMの「朝の講座」として放送された奥野信太郎氏の『中国文学十二話』である。『支那の口語文学』は戯曲・小説を中心とする口語、白話の文学を扱ったもの、『中国文学十二話』は小説中心ながら中国文学全般を扱ったものだったから、放送を利用した中国文学の講座で小説のみを扱ったものとしては、本書がおそらく初めてであろう。内容の面ばかりでなく、本書は放送終了後、その録音テープから原稿をおこしたものではなく、放送に先立ち、これとは別個に執筆されたものであるという点で、前二書とは根本的に異なっている。

しかし本書が放送大学の「漢文古典Ⅱ」なる講座の印刷教材として執筆されたことはまぎれもない事実であり、それによって内容・形式がさまざまに制約されたことも事実である。例えばＦＭ放送による放送教材とあいまち一つの講座を構成するという方針から、重要な点については重複をいとわず両教材で扱うにしても、時間ないしスペースの関係から、印刷教材、あるいは放送教材のいずれか一方でしか触れ得ない事項も少なくない。著述であるとともに教材でもあるという本書の性格から、原典の引用についても、原文と書き下し文とが混在した形となった。書き下し文を用いたのは、漢文古典という講座名を勘案したためと、江戸から明治にかけての先人の中国古典小説受容の歴史を出来得る限り紹介しようとの意図からである。ただしこうした先人の遺産がすべてにわたって残っているわけではない。そうした場合、白話の作品に限ってはしいて訓読せず、印刷教材たる本書には原文を引き、放送教材で中国語による音読をするか翻訳を紹介することにした。なお先人の遺産には誤訳も含まれるが、送りがなやふりがなを補い、全体を新かなになおしたほかはそのまま引用しておいた。これ以外については筆者において書き下し文とし、放送大学の「漢文古典Ⅰ」の講座を担当される頼惟勤先生に一読をお願いしたが、最終責任はもとより著者にある。本書の内容ともども指正いただければ幸いである。なお恩師二松学舎大学の伊藤漱平先生には細部にわたりご懇切な指導を賜わった。記して感謝の意を表する次第である。

大塚　秀高

一九八六年七月

参考文献

以下に掲げる参考文献は、本書の所説のもとづくところを明らかにする文献リスト、ないしは筆者が本書を執筆する際に参考にした文献リストというより、本書の所説に関連する事項をより詳しく知りたい考える読者の手引きとしての性格を強く持つものである。この文献リストは原著『漢文古典Ⅱ』（一九八七）に附されていたもの（原リスト）を、三十有余年をへて改訂したものであるが、その方針は以下の通りである。

一　原リスト記載の単行本はそのまま残し、論文については、この間に該論文を含む単行本が出ている場合はそちらを挙げ、論文名を注記した。単行本が出ていないものは原リストのままとした。

二　この三十有余年の間に発表された関連論文の採録はみおくり、単行の論集、論文集についてのみ、特色のあるものに限って追加記載するに留めた。

三　ただし、筆者大塚の関連する論文については、すべてではないが、原著刊行以降のものも補充させていただいた。

四　関連する作品の翻訳（施訓本、訓読を含む）、ならびにそれらの影印本、覆刊本については、先人の業績を顕彰する意味を込め、調査の及ぶ限り追加記載することにした。

＊＊＊＊

中国小説史を本格的に学ぼうとする読者がその全体的な流れをつかむには、魯迅の『中国小説史略』が有用である。中国小説史を初めて学問的に論じた書物である『中国小説史略』は、内容的に古くなった部分もあるが、古典の名に恥じない輝きをいまも持ち続けている。『中国小説史略』には夙に増田渉氏の訳があり、戦後その再改訂版が岩波文庫として一部上梓されたが、氏の死で未完に終わった。現在入手できる訳本は以下のものである。

1　今村与志雄訳　中国小説史略　『魯迅全集』第十一巻　学習研究社　一九八六

中島長文訳注　中国小説史略1・2　平凡社・東洋文庫　一九九七

魯迅には別に『中国小説的歴史的変遷』があり、以下の訳が見やすい。

2　今村与志雄訳　中国小説の歴史的変遷　『魯迅全集』第十一巻　学習研究社　一九八六

丸尾常喜訳　中国小説の歴史的変遷——魯迅による中国小説史入門　凱風社　一九八七

『中国小説史略』以後あまたの小説史が日中で書かれたが、この書の枠組みを全面的に書き換えるものは現れていないといってよい。中国文学史の一部として小説史に論及する程度のものであったり（文学史全体から小説史を見るという観点では有用なものであるが）、複数の執筆者による観点の不統一なものであったりする欠点を持っている。中国古代（古典）小説の研究者はまず文言（文語）小説と白話（口語）小説の研究者に分かれ、それぞれのなかでさらに、例えば『三国志演義』、『水滸伝』というように細分化された対象を生涯かけて研究している者が今でも大半だからである。

そうしたなかでは、現在でも入手可能かさだかでないが、次のものが手ごろである。

3 内田道夫編 中国小説の世界 評論社 一九六九

ちなみに、中国文学概論、概説の日本における草分け的存在は、『中国小説史略』と同じころ『支那文学概論講話』（大日本雄弁会、一九一九）として刊行され、一九四八年に『支那文学概論』と改名され、翌年その下巻部分が『中国小説の研究』（弘道館 一九四九）として別行され、最近文庫として復活した塩谷温の下記の書であろう。

4 塩谷温 中国文学概論 講談社学術文庫 一九八三

なお、他に以下のものがある。

5 宮原民平 支那の口語文学 日本放送出版協会・ラヂオ新書 一九四〇

6 奥野信太郎 村松暎編 中国文学十二話 NHKブックス 一九六八

cf.なお、文言小説と白話小説に分かれているが、ガイドブックとしては下記のものが手ごろであろう。

竹田晃 中国小説史入門 岩波書店 二〇〇二

大木康 中国近世小説への招待 NHKライブラリー 二〇〇一

中国には四大奇書とよばれる、いずれも明代に成立した四つの白話の長篇小説──『三国志演義』『水滸伝』『西遊記』『金瓶梅』──がある。これに清代の『儒林外史』と『紅楼夢』、白話と文言の短篇小説集である『今古奇観』と『聊斎志異』を加えたものを八大小説として、その時点でのハンド・ブックをめざしたものに以下の書がある。

7　大阪市立大学文学部中国文学研究室編　中国の八大小説――中国近世小説の世界　平凡社　一九六五
中国の小説の刊行者には、その成り立ちもあって、小説が個人の営為の産物であるという意識が稀薄であった。したがって、版本（テキスト）による内容の差が少なくない。このため書誌学的研究が必要である。白話小説（ただし四大奇書と『儒林外史』『紅楼夢』を除く）についてそれをまとめた書に、孫楷第の『中国通俗小説書目』を受けた筆者の次のものがある。
8　大塚秀高編著　増補中国通俗小説書目　汲古書院　一九八七
なお、江戸時代における中国文学の受容については以下のものが詳しい。
9　石崎又造　近世日本に於ける支那俗語文学史　清水弘文堂書房　一九六七
cf.原著は弘文堂　一九四〇
10　麻生磯次　江戸文学と支那文学――近世文学の支那的原拠と読本の研究　三省堂出版　一九四六
cf.一九五五年に『江戸文学と中国文学』と改題され再刊されている。
11　徳田武　日本近世小説と中国小説　青裳堂書店　一九八七
12　徳田武　近世近代小説と中国白話文学　汲古書院　二〇〇四

＊　＊　＊

翻訳としては平凡社の『中国古典文学大系（以下「大系」と称する）』全六十巻所収のものと、

同じ平凡社の東洋文庫シリーズ所収のものが薦められる。前者には小説に限らず、中国古典文学の代表的な作品がほぼ網羅されている。他のシリーズ、ならびに単行された訳業、小説以外の作品については多くを関連する章に譲ることとして、ここでは以上の両者に収められている本書関連の作品を収めるものにつき、その内容、収録状況を紹介しておこう（各章ごとの参考文献についても同様であるが、四大奇書ならびに『紅楼夢』『儒林外史』に関わるものについてはあまりに多数にのぼるため遺憾ながら略に従わさせていただいた）。なお、大系は先行して同じ平凡社から刊行された『中国古典文学全集』全三十三巻を、対象を拡大し改訳修正したものである。

A　世説新語・顔氏家訓（大系9）　森三樹三郎、宇都宮清吉訳

B　六朝・唐・宋小説選（大系24）　前野直彬編訳

cf.捜神後記・異苑・述異記・漢武故事・趙飛燕外伝・広異記・玄怪録・続玄怪録・伝奇・河東記・楊太真外伝・青瑣高議などの全訳ないし抄訳。高橋稔『「玄怪録」と「伝奇」続・古代中国の語り物と説話集——志怪から伝奇へ』（東方書店　二〇一八）に表題書の翻訳あり。

C　捜神記（東洋文庫）　竹田晃訳　cf.二十巻本の全訳。

D　幽明録　遊仙窟　他（東洋文庫）　前野直彬・尾上兼英他訳

cf.幽明録・列異伝・志怪・斉諧記・冥祥記・続斉諧記・録異伝・旌異記・遊仙窟などの全訳ないし抄訳。高橋稔『古代中国の語り物と説話集』（東方書店　二〇一七）に「列異伝」の逸文五〇条の訳あり。

E　唐代伝奇集1・2（東洋文庫）　前野直彬編訳
　cf.1は比較的長い作品三十四篇、2は二十一の短篇集から七十七篇を選び翻訳したもの。

F　仏教文学集（大系60）　入矢義高編訳
　cf.大目乾連冥間救母変文、舜子変など変文九篇の訳と安藤智信の冥祥記全訳を含む。

G　剪燈新話　剪燈余話　西湖佳話（抄）棠陰比事（大系39）　飯塚朗、内田道夫、駒田信二訳
　cf.剪燈新話は別に東洋文庫にも収められ、棠陰比事には岩波文庫本がある。西湖佳話は抄訳。

H　宋・元・明通俗小説選（大系25）　松枝茂夫、入矢義高、今西凱夫訳
　cf.三言二拍抄十七篇、雨窓欹枕集九篇、清平山堂話本十一篇、熊龍峯四種小説三篇の翻訳。三言二拍抄には京本通俗小説所収の七篇が含まれる。雨窓欹枕集は入矢訳『雨窓欹枕集』（養徳社　一九四七）を再収したもの。京本通俗小説には別に村松暎訳『杭州綺譚』（酣灯社　一九五一）がある。

I　今古奇観　嬌紅記（大系37・38）　千田九一・駒田信二、伊藤漱平訳
　cf.今古奇観は三言二拍から四十篇を選んだ作品で、東洋文庫にも五分冊で収められる。

J　聊斎志異（大系40・41）　増田渉・松枝茂夫・常石茂訳
　cf.聊斎志異の訳としては他に柴田天馬訳が著名。

K　閲微草堂筆記　子不語　他（大系42）　前野直彬編訳
　cf.表題のもののほか、述異記、秋燈叢話、諧鐸、耳食録の抄訳を含む。

L　儒林外史（大系43）　稲田孝訳

なお、大系でも東洋文庫でもないが、以下のものもここで紹介しておきたい。

M　鑑賞中国の古典23　金文京　角川書店　一九八九

他に、厳密には翻訳ではないが、原文を書き下し文としたものに、いずれも汲古書院から影印刊行された『近世白話小説翻訳集』（以下翻訳集と称する）所収の次のものがある。

N　通俗赤縄奇縁、通俗孝粛伝（翻訳集2所収）　西田維則、紀瀧淵訳

cf.前者は醒世恒言の売油郎独占花魁の抄訳、後者は龍図公案から六篇の翻訳。

O　通俗醒世恒言、通俗繡像新裁綺史（翻訳集4所収）　石川雅望、睡雲菴主人訳

cf.前者は醒世恒言から四篇の選訳、後者は売油郎独占花魁を章回仕立てにした翻訳。

P　通俗西湖佳話、通俗古今奇観（翻訳集5所収）　十時梅厓、佐羽芳（淡齋主人）訳

cf.前者は西湖佳話から五篇の、後者は今古奇観から三篇の選訳。後者には青木正児解題校注による岩波文庫本（森羅子による醒世恒言の銭秀才錯占鳳凰儔の翻案を付す）もあり、漆山又四郎訳注による遊仙窟とともに、一九八六年に復刊された。

江戸時代には白話小説の原文に訓点を施した和刻本もかなり刊行された。その影印本としては、いずれもゆまに書房から刊行された次のものがある。

Q　小説三言（小説精言、小説奇言、小説粋言、稿本小説粋言）　岡白駒、沢田一齋施訓

cf.醒世恒言、警世通言、初刻拍案驚奇、今古奇観、西湖佳話から、精言は四篇、奇言は五篇、粋言は五篇を、稿本粋言は今古奇観と醒世恒言から二篇を選んでいる。尾形仂解説。ちなみに精言（寛保三年）と奇言（宝暦三年）は岡白駒、粋言（宝暦八年）は沢田一齋の手に

なる。

R　照世盃 付・中世二傳奇　清田儋叟施訓　徳田武解説

この他では、服部誠一の『勧懲繡像奇談第一編』が三言から四篇を選んだ施訓本（明治十六年刊）として知られる。なお、服部には清代の小説家徐述夔の短篇小説集『五色石』の施訓本『評点五色石』（明治十八年刊）、ならびにそれ以前にその第一巻部分を単行した『近世奇説第一編二嬌春話』（明治十年刊）がある。また、支那文献刊行会が『剪灯新話』、『鴛鴦譜他三種』（鴛鴦譜、珍珠衫、王嬌鸞、杜十娘）、『瀟湘録外三種』（瀟湘録、宣室志、雲渓友議、義山雑纂）、『迷楼記外十一種』（迷楼記、李娃伝、謝小娥伝、霍小玉伝、会真伝、揚州夢、白猿伝、広陵妖乱志、任氏伝、袁氏伝、楊太真外伝上下、夢遊録）を大正末に刊行している。

＊　＊　＊

以下、章ごとに参考文献を掲げる。

第一章

1　前野直彬　中国小説史考　秋山書店　一九七五
　cf.Ｉ 小説の萌芽　第一章 漢代における「小説」　第二章 小説への志向　第三章 史記の小説的な側面

2　白川静　中国の古代文学（一）　中央公論社　一九七六　cf.第六章 物語について

3 白川静　中国の古代文学（二）　中央公論社　一九七六　cf.第一章『史記』の世界
2・3とも中公文庫本あり。白川には講談社学術文庫の『中国古代の民俗』などもある。
4 小南一郎　中国の神話と物語り——古小説史の展開　岩波書店　一九八四
cf.第二章「西京雑記」の伝承者たち　第三章「神仙伝」——新しい神仙思想　第四章「漢武帝内伝」の成立
5 駒田信二　対の思想——中国文学と日本文学　勁草書房　一九六九
cf.中国の「小説」概念　中国古典文学と日本文学——その相違について
6 小西甚一編　文学概念の変遷　国書刊行会　一九七七
cf.第四章　内山知也　中国における小説概念の成立と推移——文言小説を中心として
7 小川環樹　風と雲——中国文学論集　朝日新聞社　一九七二　cf.史記の文学
8 橋本堯「水滸伝」と「史記」——まことに不可解な中国小説史　中国研究156　一九八四
9 大塚秀高『史記』と『漢書』『中国の歴史書』（漢文研究シリーズ12）尚学図書　一九八二
なお、『和刻本漢籍随筆集』（汲古書院）第十三集には、西京雑記・捜神記（二十巻本）・述異記（任昉撰）の施訓本が影印されている。

第二章

1 前野直彬　中国小説史考（前掲書）
cf.Ⅱ　六朝・唐・宋の小説　第一章　神女との結婚　第二章　冥界遊行　第三章　唐代の伝奇　附論

魯迅『古小説鉤沈』の問題点
2 前野直彬 中国文学序説 東京大学出版会 一九八二 cf.第六章 中国文学の作者と読者
3 内田道夫 中国小説研究 評論社 一九七七
cf.前篇の諸章、特に序説、志怪の成立、捜神記の世界、伝奇の成立——初期の作品古鏡記・補江総白猿伝・遊仙窟、冥報記について、志怪の伝統、伝奇の文体が参考となる。
4 波多野大郎 中国文学史研究——小説戯曲論攷 桜楓社 一九七四 cf.遊仙窟新攷
5 内山知也 隋唐小説研究 木耳社 一九七七
6 近藤春雄 唐代小説の研究 笠間書院 一九七八
7 岡本不二明 唐宋の小説と社會 汲古書院 二〇〇三
8 岡本不二明 唐宋伝奇戯劇考 汲古書院 二〇一一
9 岡本不二明「李娃伝」と鞭——唐宋文学研究余滴 汲古書院 二〇一五
10 富永一登 中国古小説の展開 研文出版 二〇一三
11 小南一郎 唐代伝奇小説論——悲しみと憧れと 岩波書店 二〇一四
cf.古鏡記、鶯鶯伝、李娃伝、霍小玉伝に関する論考。
12 石田幹之助 榎一雄解説 増訂長安の春 平凡社・東洋文庫 一九六七
13 井波律子 中国人の機智——『世説新語』を中心として 中公新書 一九八三
14 シェーファー 神女——唐代文学における龍女と雨女 東海大学出版会 一九七八
15 程千帆 松岡栄志・町田訳 唐代の科挙と文学（唐代進士行巻与文学） 凱風社 一九八六

16　勝村哲也　六朝隋唐の稗史・小説の整理に関する覚書――仏教説話とくに冥祥記を中心に　恵谷隆戒先生古稀記念会編『浄土教の思想と文化』　仏教大学　一九七二
17　小南一郎　顔之推「冤魂志」をめぐって――六朝志怪小説の性格　東方学65　一九八三
18　小南一郎「捜神記」の文体　中国文学報21　一九六六
19　竹田晃　干宝試論――「晋紀」と「捜神記」の間　東京支那学報11　一九六五
20　竹田晃　六朝志怪から唐伝奇へ――志怪に見られる〝物語り化〟の可能性　東京大学教養学部人文科学科紀要39　一九六六
21　竹田晃　六朝志怪に語られる「人間」　東京大学人文科学科紀要51　一九七〇
A　吉川幸次郎訳　唐宋伝奇集『吉川幸次郎全集』第十一巻　筑摩書房　一九六八
cf.魯迅の同名の書の巻二までの翻訳。筑摩書房の世界文学大系71中国古小説集にも収められる。同書は他に八巻本捜神記（荘司格一・清水栄吉・志村良治訳）、世説新語（勝村・福永・村上・吉川訳）、ならびに京本通俗小説（吉川訳）を収める。『捜神記』は養徳社、一九五九を再収したもの。
B　今村与志雄訳　唐宋伝奇集（上下）　岩波文庫　一九八八　cf.魯迅の同名の書の全訳。
C　目加田誠訳　世説新語（新釈漢文大系76～78）　明治書院　一九七五～七八
D　竹田晃訳　世説新語（中国の古典21・22）　学習研究社　一九八三～八四
cf.世説新語の訳には他に八木沢元の中国古典新書（明徳出版社）などがある。
E　内田泉之介・乾一夫訳　唐代伝奇（新釈漢文大系44）　明治書院　一九七一

F　高橋稔・西岡晴彦訳　六朝・唐小説集（中国の古典32）　学習研究社　一九八二
G　八木沢元訳　遊仙窟全講　明治書院　一九七五増訂版
　C～Gはおおむね、原文、書き下し文、通釈の体裁による。
H　西本芳男訳　新釈太平廣記　鬼部1～4　自印　二〇〇三～二〇〇八
I　塩卓悟・河村晃太郎編　譯注太平広記婦人部　汲古書院　二〇〇四
J　齋藤茂他『夷堅志』訳注　汲古書院　二〇一四～　cf.続刊中
K　西岡弘編　遊仙窟索引（漢字並古訓）　国学院大学漢文学研究室　一九七八
L　蔵中進編　江戸初期無刊記本遊仙窟――本文と索引　和泉書院　一九七九

第三章

1　牧田諦亮　古逸六朝観世音応験記の研究　平楽寺書店　一九七〇
2　塚本善隆　古逸六朝観世音応験記の出現――晋・謝敷、宋・傅亮の光世音応験記　東方学報25　一九五四
3　山崎宏　六朝隋唐時代の報応信仰　史林40-6　一九五七
4　小南一郎　六朝隋唐小説史の展開と仏教信仰　福永光司編『中国中世の宗教と文化』　京都大学人文科学研究所　一九八二
5　速水侑編　観音信仰（民衆宗教史叢書⑦）　雄山閣出版　一九八二
　cf.佐藤泰舜「六朝時代の観音信仰」、小林太市郎「唐代の大悲観音」など。

6　東京教育大学大学院中田教授国語学ゼミナール学生編　金剛般若経集験記古訓考証稿　油印本
7　河内照円　持誦金剛経霊験功徳記私攷『大谷大学所蔵敦煌古写経　続』大谷大学東洋学研究室　一九七二
8　東北大学文学部支那学研究室編　校本冥報記附訳文　油印本　一九五五
9　志村良治　中国小説論集（志村良治博士著作集Ⅱ）汲古書院　一九八六
cf.冥報記の伝本について
10　鶴島俊一郎　冥報記小考　駒沢大学外国語部論集18　一九八三
11　澤田瑞穂　佛教と中国文学　国書刊行会　一九七五　cf.一　唱導文学の生成、三　永楽仏典
12　澤田瑞穂　中国の呪法　平河出版社　一九八四
cf.宋代の神呪信仰――『夷堅志』の説話を中心として
13　大塚秀高　洪邁と「夷堅志」――歴史と現実の狭間にて　中哲文学会報5　一九八〇
14　大塚秀高　鬼国続記（夷堅志）　伊藤漱平編『中国の古典文学――作品選読』東京大学出版会　一九八一　cf.本論中の訓読の誤りについては本章において訂正している。
15　大塚秀高「然我七人、只是対鬼説話?」――鬼国説話と西遊記物語　集刊東洋学59　一九八八
16　平野顕照　唐代文学と仏教の研究　朋友書店　一九七八　cf.唐代の講唱文学、唐代小説と仏教
17　金岡照光　敦煌の絵物語　東方書店　一九八一
18　川口久雄　絵解きの世界――敦煌からの影　明治書院　一九八一　cf.我が国における絵解き

19 福井文雅　唐代俗講儀式の成立をめぐる諸問題　大正大学研究紀要54　一九六八
20 大塚秀高　物語りから読物へ――敦煌話本にみる、登場人物の発話表示に関する試みと混乱『書くこと／書かれたもの――表現行為と表現』埼玉大学教養学部・大学院人文社会科学研究科　二〇二一

A 段成式　今村与志雄訳注　酉陽雑俎1～5　平凡社・東洋文庫　一九八〇、八一
cf.なお、『続蔵経』第百四十九巻に金剛般若経集験記、金剛般若波羅蜜経感応伝の返り点のみ施したテキストが収められている。また金剛経鳩異を収める『酉陽雑俎』には和刻本漢籍随筆集第六集所収の施訓本（影印）がある。

第四章

1 尾上兼英　尾上兼英遺稿集Ⅱ（古典小説・芸能篇）　中国小説史研究序説　汲古書院　二〇二一
○
2 入矢義高　北宋の演芸（上）（続完）　東光8、日本中国学会報6　一九四九、五四
cf.庶民文化の誕生、小説史における「明時代」（1）――序論、その他。
3 入矢義高　東京夢華録の文章　東方学報（京都）20　一九五一
4 入矢義高　話本の性格について　東方学報（京都）12-3　一九四一
5 梅原郁　南宋の臨安『中国近世の都市と文化』京都大学人文科学研究所　一九八四
6 澤田瑞穂　地獄変――中国の冥界説（アジアの宗教文化3）　法藏館　一九六八

7　竹田晃　中国の幽霊――怪異を語る伝統　東京大学出版会　一九八〇
8　小南一郎　西王母と七夕伝承　平凡社　一九九一
cf.『中国の神話と物語り』（前掲書）の第一章を独立させたもの。
9　大塚秀高　『緑窗新話』にみる宋代小説話本の特徴――「遇」をめぐって　中国古典小説研究7　二〇〇二
10　大塚秀高　西王母の娘たち――「遇仙」から「陣前比武招親」へ　日本アジア研究8　二〇一一
11　大塚秀高　西王母文学の流れ　埼玉大学紀要　教養学部49-2　二〇一三
12　大室幹雄　西湖案内――中国庭園論序説　岩波書店　一九八五
13　金岡照光　敦煌出土文学文献分類目録附解説――スタイン本・ペリオ本（西域出土漢文文献分類目録Ⅳ）　東洋文庫敦煌文献研究委員会　一九七一
14　金岡照光　敦煌の民衆――その生活と思想（東洋人の行動と思想8）　評論社　一九七二
A　孟元老　入矢義高・梅原郁訳注　東京夢華録　岩波書店　一九八三
cf.平凡社・東洋文庫　一九九六に改訂版が収められている。
B　呉自牧　梅原郁訳注　夢粱録（南宋臨安繁昌記）1〜3　平凡社・東洋文庫　二〇〇〇

第五章

1　貝塚茂樹　神々の誕生　『貝塚茂樹著作集』第五巻　中央公論社　一九七六

cf.講談社学術文庫本がある。

2 白川静　中国の神話　中央公論社　一九七五　cf.中公文庫本がある。

3 白川静　漢字の世界1――中国文化の原点　平凡社・東洋文庫　一九七六

4 御手洗勝　古代中国の神々　創文社　一九八四

5 伊藤清司　中国の神獣・悪鬼たち――山海経の世界　東方書店　一九八六　cf.増補改訂版あり。

6 中野美代子　中国の妖怪　岩波新書　一九八三

7 吉田隆英　鬼市と異人――古代中国における沈黙交易　東方宗教58　一九八一

8 上村幸次　酔翁談録を通じて見た宋代の説話について　山口大学文学会誌4-2　一九五三

9 稲田尹『酔翁談録』と『太平広記』『神田博士還暦記念書誌学論集』　平凡社　一九五七

10 大塚秀高　宋代社会と物語　東洋文化研究所紀要129　一九九六

11 大塚秀高「夔一の末裔―志怪小説などに現われた独足鬼の流れ　中国古典小説研究26　二〇〇二

四

12 Wolfram Eberhard　Alide Eberhard (tr)　*The Local Cultures of South and East China*　E.J. Brill 1986　cf.白鳥芳郎監訳『古代中国の地方文化　華南・華東』（六興出版　一九八七）あり。

13 Derk Bodde　*Festivals in Classical China: New Year and Other Annual Observances During the Han Dynasty 206 B.C.-A.D. 220*　Princeton U.P.　1975

A 前野直彬訳　山海経『山海経・列仙伝』（全釈漢文大系33）　集英社　一九七五
cf.山海経は大系8にも高馬三良訳が収められている。

第六章

1　内田道夫　煙粉について――恋愛物語の類型　文化20-6　一九五六
cf.『中国小説研究』（前掲書）前篇第八章の三以下はこれを改稿したもの。
2　内田道夫　小説と文体――伝奇と話本を中心に　東京支那学報16　一九七一
3　木山英雄　霊怪・神魔という世界――小説と俗信　『宗教』（中国文化叢書6）　大修館書店　一九六七
4　前野直彬　中国小説史考（前掲書）　cf. II　六朝・唐・宋の小説　第四章　宋人伝奇
5　大塚秀高　話本と「通俗類書」――宋代小説話本へのアプローチ　日本中国学会報28　一九七六
6　大塚秀高　「緑窗新話」と「新話摭粋」――万暦時代の「緑窗新話」　日本中国学会報30　一九七八
7　大塚秀高　明代後期における文言小説の刊行について　東洋文化61　一九八一
8　大塚秀高　張生煮海説話の淵源再考――伝奇から話本へ　東方学56　一九七八
9　大塚秀高　龍神から水仙へ――涇河幻想　日本アジア研究1　二〇〇四
10　大塚秀高　宋代の通俗類書――『青瑣高議』の構成・内容よりみる　日本アジア研究6　二〇〇九
11　大塚秀高　『酔翁談録』著録「小説」演目考　日本アジア研究18　二〇二一

12　岡崎由美「賈雲華還魂記」に於ける文言小説長篇化の志向性について　早稲田大学大学院文学研究科紀要別冊11文学芸術学編　一九八四

第七章

1　宮崎市定　水滸伝――虚構のなかの史実　中公新書　一九七二
cf.『宮崎市定全集』12（岩波書店）にも関連する宮崎の水滸伝関係の論文とともに収められている。
2　高島俊男　水滸伝の世界　大修館書店　一九八七　cf.ちくま文庫本あり。
3　高島俊男　水滸伝と日本人　江戸から昭和まで　大修館書店　一九九一　cf.ちくま文庫本あり。
4　佐竹靖彦　梁山泊　水滸伝・108人の豪傑たち　中公新書　一九九二
5　伊原弘「水滸伝」を読む　梁山泊の好漢たち　講談社現代新書　一九九四
6　稲田篤信編　水滸伝の衝撃――東アジアにおける言語接触と文化受容　勉誠出版　二〇一〇
7　大塚秀高　水滸説話について――『宣和遺事』を端緒として　中国古典小説研究動態2　一九八八
8　大塚秀高　天書と泰山――『宣和遺事』よりみる『水滸伝』成立の謎　東洋文化研究所紀要140　二〇〇〇
A　岡島冠山編訳　通俗忠義水滸伝一～六『近世白話小説翻訳集』第六～十一巻　汲古書院　一九八七

B　幸田露伴　訳註水滸伝　『露伴全集』第三十二〜三十七巻　岩波書店　一九五五、五六
cf.国訳漢文大成第四巻文学部第二輯原収。同巻には塩谷温訳宣和遺事も収められる。
C　神谷衡平訳　大宋宣和遺事（中国古典文学全集7）　平凡社　一九五八

第八章

1　澤田瑞穂　宋明清小説叢考　研文出版　一九八二
cf.宝蓮寺奸僧事件、芙蓉屏異伝、張一飛公案その他、公案綺聞鈔などが参考になる。
2　荘司格一　中国の公案小説　研文出版　一九八八
cf.律条公案、龍図公案、明代公案小説における僧尼説話など多数の関連論文を収める。
3　朝倉治彦編　棠陰比事物語（未刊仮名草子集と研究2）　未刊国文資料刊行会　一九六六
4　辻達也編　大岡政談1・2　平凡社・東洋文庫　一九八四
5　宮崎市定訳　鹿洲公案――清朝地方裁判官の記録　平凡社・東洋文庫　一九六七
6　Y. W. Ma（馬幼垣）　The Textual Tradition of *Ming Kung-an Fiction*: A Study of the *Lung-t'u kung-an*　*HJAS* 35　1975
7　Y. W. Ma（馬幼垣）　Themes and Characterization in the *Lung-t'u kung-an*　*T'oung Pao* 59　1973
8　Y. W. Ma（馬幼垣）　Kung-an Fiction: A Historical and Critical Introduction　*T'oung Pao* 65　1979

9 大塚秀高　公案話本から公案小説集へ――「丙部小説之末流」の話本研究に占める位置　集刊東洋学47　一九八二

10 池田正子　『龍図公案』類話考　中国文学研究4　一九七八

第九章

1 Wolfgang Bauer　The Tradition of the "Criminal Cases of Master Pao" *Pao-kung-an (Lung-t'u kung-an)* *Oriens* 23-24　1974

2 Patrick Hanan　*Judge Bao's Hundred Cases* Reconstructed　*HJAS* 40: 2　1980

3 小野四平　中国近世における短篇白話小説の研究　評論社　一九七八
cf.短篇白話小説における裁判。他に短篇白話小説における恋愛、仏教説話の研究など。

4 阿部泰記　包公伝説の形成と展開　汲古書院　二〇〇四

5 馬幼垣『全像包公演義』補釈　中国古典小説研究専集5　一九八二

6 大塚秀高　包公説話と周新説話――公案小説生成史の一側面　東方学66　一九八三

7 木田知生　包拯から「包公」へ　龍谷大学論集422　一九八三

8 澤田瑞穂「四帝仁宗有道君」――明代説唱詞話の開場慣用句について『宋明清小説叢考』（前掲書）

9 堀誠　中国通俗小説故事論考――『平妖伝』とその周辺　研文出版　二〇一三
cf.四帝仁宗出生故事考――赤脚大仙転生の話、四帝仁宗認母故事考――「抱粧盒」と「仁宗認母傳」。
10 辛島驍　中国犯罪小説の一側面　『醒世恒言』（全訳中国文学大系Ⅰ-14）東洋文化協会　一九五八
11 島田由紀子　明末清初の大説書家——柳敬亭の生涯とその芸術　文化40-3、4　一九七七
12 池本和夫　明末清初の講釈師・柳敬亭　中国民話の会会報Ⅳ-1　一九七九
13 鳥居久靖　『忠烈俠義伝』の成立をめぐって　中文研究10　一九六九
A 尾上八郎　中国名裁判物語　東京修文館　一九五二
cf.龍図公案などから三十九話を翻訳したもの。

第十章

1 内田道夫　中国小説研究（前掲書）　cf.後篇 第五章 霊怪の伝統
2 竹田晃　中国の幽霊（前掲書）
3 秋吉久紀夫　明代初期の文人瞿佑考　香椎潟23　一九七七
4 秋吉久紀夫　原『剪燈新話』の刊期　中国文学論集7　一九七八
5 堀田文雄　『剪燈新話』考——文脈の二層性について　集刊東洋学39　一九七八
6 伝田章　桂英死報——王魁説話　石川忠久編『中国文学の女性像』汲古書院　一九八二
7 橋本堯　亡霊との交わり——牡丹灯記における「鬼」の描きかた　『中国文学論集　吉川博士退休記念』　筑摩書房　一九六八

8 橋本堯 〝誓約〟と〝うらぎり〟——琵琶記における英雄主義との訣別 野草16 一九七四
9 岩田百郎 『剪灯新話』の冥婚譚 日本文学論究30 一九七一
10 久保得二 剪灯新話と東洋近代文学に及ぼせる影響 台湾帝国大学文政学部文学科研究年報1 一九三四

第十一章・第十二章

1 長澤規矩也 長澤規矩也著作集 第一巻 汲古書院 一九八二
cf.第四篇第一章 京本通俗小説の真偽 第二章「清平山堂」「熊龍峯」刊行の話本に就いて
2 澤田瑞穂 宋明清小説叢考(前掲書) cf.発跡変泰
3 小川陽一編著 三言二拍本事論考集成 新典社 一九八一
cf.明末の天啓・崇禎年間に馮夢龍、凌濛初により三言二拍と総称される五つの白話短篇小説集が刊行された。本書はそこに収められる話本、擬話本の一々の本事につき、先学の考証を集成し、小川自身の考証を付け加えた労作。
4 大賀晶子 明代短篇小説と戯曲の研究 汲古書院 二〇一八
5 廣澤裕介 明代白話小説の出版 短篇集『古今小説』と「三言」 汲古書院 二〇二三
6 Patrick Hanan *The Chinese Short Story: Studies in Dating, Authorship, and Composition* Harvard U.P. 1973
7 増田渉 「話本」ということについて——通説(あるいは定説)への疑問 人文研究16-5 一

九六五
8　稲田尹　宋元話本類型考（一）～（四）　鹿児島大学文科報告7～9、13　一九五八―六〇、一九六四
cf.制作時期の推定について上、中、下の上、作家群と作品群について 語彙編その一。
9　植田渥雄〈三言〉の中の宋人小説―内容・体裁・語彙・文体からの考察　櫻美林大學中國文學論叢10　一九八五
10　福満正博『古今小説』の編纂方法――その対偶構成について　中国文学論集10　一九八一
11　大木康　馮夢龍「三言」の編纂意図について――特に勧善懲悪の意義をめぐって　東方学69　一九八五
12　大木康　馮夢龍「三言」の編纂意図について（続）――〝真情〟より見た一側面『伊藤漱平教授退官記念 中国学論集』　汲古書院　一九八六
A　辛島驍訳　警世通言一（I-6）、醒世恒言一～五（I-10～14）　全訳中国文学大系　東洋文化協会　一九五八、五九　cf.警世通言十二篇と醒世恒言全訳。
B　柴田清継訳　三言選訳（上中下）　翠書房　二〇〇六～〇八
cf.それまで翻訳のない古今小説八篇、警世通言十三篇の翻訳。柴田には二刻拍案驚奇の翻訳もある。『火鍋子』ならびに『鳴尾説林』掲載分をまとめたもの。
C　竹内肇　醒世恒言（中国古典新書続編⑫）　明徳出版社　一九九〇　cf.醒世恒言二篇の翻訳。
D　辛島驍訳　拍案驚奇一～三（I-15～17）　全訳中国文学大系　東洋文化協会　一九五八、五九

cf.凌濛初の拍案驚奇全四十巻の三十巻までの訳。未完に終わった。

E　古田敬一主編　拍案驚奇訳注1～3　汲古書院　二〇〇三、〇六、一二

cf.拍案驚奇巻一～三の訳注。

F　魚返善雄訳　中国千一夜　日本出版協同　一九五二、五五

cf.今古奇観の翻訳。風雅の巻八篇、香艶の巻五篇、智謀の巻五篇からなる。

第十三章

1　青木正児　小説「西湖三塔」と「雷峰塔」『青木正児全集』第七巻　春秋社　一九七〇

2　内田道夫　中国小説研究（前掲書）cf.後篇　第三章　白娘子物語

3　波多野太郎　中国文学史研究（前掲書）cf.白蛇伝補攷

4　植田渥雄「白蛇伝」考――雷峰塔白蛇物語の起源およびその滅亡と再生　櫻美林大學中國文學論叢7　一九七九

5　大塚秀高　白蛇伝と禅宗――杭州寧波間の文化交流について　埼玉大学紀要 教養学部26　一九九〇

A　辛島驍訳　白娘子永鎮雷峰塔（原作）――白夫人とこしえに雷峰塔に鎮められる『白夫人の妖恋――小説・原作・シナリオ』大日本雄弁会講談社　一九五六

B　山岡利一訳　西湖佳話　甲南国文22　一九七五　cf.西湖佳話の雷峰怪蹟の訳。

C　中村博保・雷定平『警世通言』「白娘子永鎮雷峯塔」試訳（一・二）静岡大学教育学部研究

報告37、38　一九八六、八七
D　中村博保・金小賢「西湖三塔記」翻訳と考察　静岡大学教育学部研究報告43　一九九二

第十四章

1　尾上兼英　尾上兼英遺稿集Ⅱ（前掲書前掲論文）
2　阿部泰記　清代における選婿求婚小説の発生　山口大学文学会志33　一九八二
3　山口建治「拍案驚奇」に描かれた女性——聞蜚蛾の場合　人文研究88　一九八四

第十五章

1　宮崎市定　科挙——中国の試験地獄　中公新書　一九六三
2　村上哲見　科挙の話——試験制度と文人官僚　講談社現代新書　一九八〇
cf. 1は明清を、2は唐宋を中心に論じる。1は宮崎市定全集第十五巻にも収められる。
3　中野美代子　中国人の思考様式——小説の世界から　講談社現代新書　一九七四
4　須藤洋一　儒林外史論　権力の肖像、または十八世紀中国のパロディ　汲古書院　一九九九
5　徳田武　馬琴と『杜騙新書』——騙術の系譜を論じて逍遥に及ぶ　文学49-4・5　一九八一
6　志田不動麿　明代の刑法の一部——小説にあらわれた犯罪　研究30　一九六三
7　伊藤漱平『連城璧』解題『伊藤漱平著作集』Ⅳ　汲古書院　二〇〇九
8　大塚秀高『照世盃』解題　佐伯文庫叢刊『照世盃』　汲古書院　一九八八

9　大塚秀高『十二笑』と李漁『伊藤漱平教授退官記念中国学論集』汲古書院　一九八六

10　大塚秀高　創作系短篇小説考　江戸文学38　中国小説と江戸文芸　二〇〇八
cf.神話と創作——逆流と抱擁をめぐって（『埼玉大学紀要 教養学部』45-1、二〇〇九）は、これを改稿したもの。

11　会沢卓司・長尾光之・山口建治訳　清末の中国小説　栄光堂印刷出版部　一九七八

12　晩清小説史　飯塚朗・中野美代子訳　平凡社・東洋文庫　一九七九
cf.11、12は『中国小説史略』では簡略にすぎる清末の小説に絞って紹介した阿英の『晩清小説史』の翻訳。

A　増田渉訳　阮江蘭出世譚　近世文芸選集5　健文社　一九二六　cf.照世盃巻一の訳。

B　辛島驍訳　無声戯（I-1）、覚世名言十二楼（I-23）　全訳中国文学大系　東洋文化協会　一九五八、一九五九

C　岡本隆三訳　儒林外史　上巻　開成館　一九四四　cf.第二十六回まで。

ま行

や行

ら行

た行

な行

は行

さ行

か行

ま行

や行

ら行

わ行

人名・書名

あ行

た行

な行

は行

さ行

索　引

（配列は五十音順）

1. この索引は事項索引と人名・書名索引とからなっている。
2. 人名・書名索引は書名を中心とし、人名についてはその多くを省略した。なお書名についても、単にそれを列挙するにすぎない場合、略に従っている。

事　項

あ行

か行

本書は、一九八七年三月二十日、放送大学教育振興会より『漢文古典Ⅱ』として刊行された。文庫化にあたっては、改訂の上、タイトルを変更した。

十八史略　曾先之編　今西凱夫訳　三上英司編

『史記』『漢書』『三国志』等、中国の十八の歴史書をまとめた『十八史略』から、故事成語、人物にまつわる名場面を各時代よりセレクト。（三上英司）

アミオ訳 孫子〔漢文・和訳完全対照版〕　福永光司　興膳宏訳

最強の兵法書『孫子』。この書を十八世紀ヨーロッパに紹介したアミオによる伝説の訳業がついに邦訳。その独創的解釈の全貌がいま蘇る。（伊藤大輔）

陶淵明全詩文集　福永光司　興膳宏訳

中国・六朝時代最高の詩人、陶淵明。農耕生活から生まれた数々の名詩は、人生や社会との葛藤を映し出し、今も胸に迫る。待望の新訳注書、遂に成る。

和訳 聊斎志異　福永光司　興膳宏訳

中国清代の怪異短編小説集。仙人、幽霊、妖狐たちが繰り広げるおかしくも艶やかな話の数々。日本の文豪たちにも大きな影響を与えた一書。（南條竹則）

フィレンツェ史（上）　ニッコロ・マキァヴェッリ　在里寛司／米山喜晟訳

権力闘争、周辺国との駆け引き、戦争、政権転覆……。マキァヴェッリの筆によりさらにドラマチックに彩られるフィレンツェ史。文句なしの面白さ！

フィレンツェ史（下）　ニッコロ・マキァヴェッリ　在里寛司／米山喜晟訳

古代ローマ時代からのフィレンツェ史を俯瞰することで見出された、歴史におけるある法則……。マキァヴェッリの真骨頂が味わえる一冊！（米山喜晟）

ギルガメシュ叙事詩　矢島文夫訳

ニネベ出土の粘土書板に初期楔形文字で記された英雄ギルガメシュの波乱万丈の物語。「イシュタルの冥界下り」を併録。最古の文学の初の邦訳。

メソポタミアの神話　矢島文夫

「バビロニアの創世記」から「ギルガメシュ叙事詩」まで、古代メソポタミアの代表的神話をやさしく紹介。第一人者による最良の入門書。（沖田瑞穂）

北欧の神話　山室静

キリスト教流入以前のヨーロッパ世界を鮮やかに語り伝える北欧神話。神々と巨人たちとが織りなす壮大な物語をやさしく説き明かす最良のガイド。

ちくま学芸文庫

中国《ちゅうごく》古典《こてん》小説史《しょうせつし》
漢初《かんしょ》から清末《しんまつ》にいたる小説概念《しょうせつがいねん》の変遷《へんせん》

二〇二四年四月十日　第一刷発行

著　者　大塚秀高（おおつか・ひでたか）
発行者　喜入冬子
発行所　株式会社　筑摩書房
東京都台東区蔵前二―五―三　〒一一一―八七五五
電話番号　〇三―五六八七―二六〇一（代表）
装幀者　安野光雅
印刷所　株式会社精興社
製本所　加藤製本株式会社

ISBN978-4-480-51236-9 C0198